故事館

故事館

家守神2 呪いの蝶がねむる蔵

家守神

2 拯救封印的蝴蝶詛咒

扇柳智賀【著】
富井雅子【繪】
緋華璃【譯】

佐伯家
浴室
祖父母的房間
盥洗室
廚房
客廳
玄關

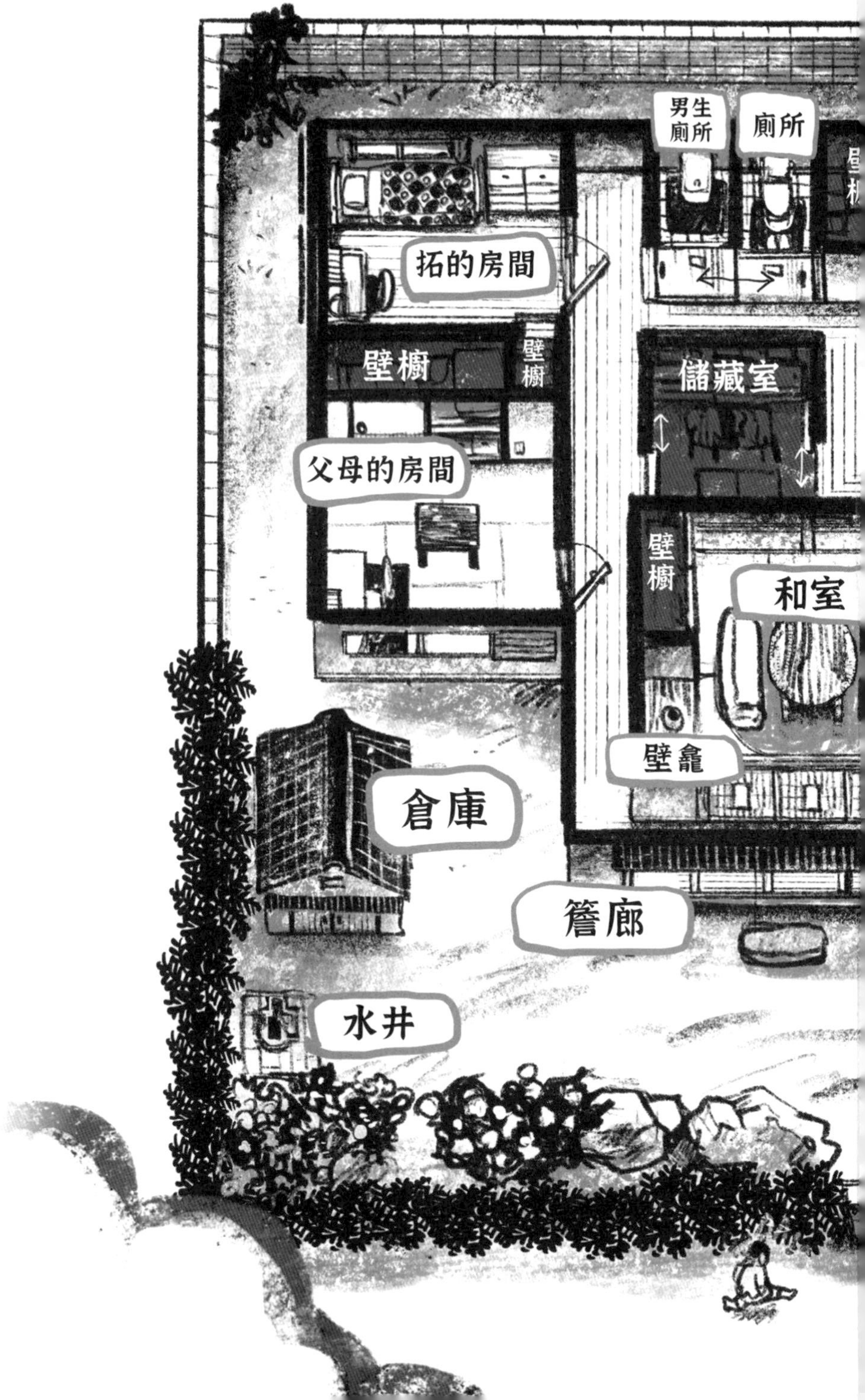

男生
廁所
廁所
拓的房間
壁櫥
壁
櫥
儲藏室
父母的房間
壁
櫥
和室
壁龕
倉庫
簷廊
水井

目次

前情提要

我是拓，因為媽媽再婚而搬到舊城區的老房子「佐伯家」。意外發現佐伯家居然潛藏著已經守護那個家一百年的「家守神」，他們是不可思議的存在！不知道為什麼，只有我看得見他們。起初我害怕得不得了，可是聽完家守神的想法，我決定和他們，還有佐伯家的新家人一起生活。

與家守神的生活正式展開，接下來，將會陸續發生什麼事呢……？

「付喪神」是指附在經歷上百年歲月的陳舊器物上之靈魂，通常是從被人用完丟棄的器物上伸出手腳，其中也有繪畫的圖案動起來，化為人形的例子。除此之外，要讓靈變成守護神，繪師也需要具備特別的天賦。

《面妖的日常》三枝面妖／著

第1章

即將出發去巴黎

「太棒了！明天就放暑假了！拓、風花，放完『暑假』可別變成『輸家』啦！哈哈！」

平井新之介的「諧音梗冷笑話」傳遍整條壽商店街。

這條商店街林立著從以前營業到現在的商店，例如蔬果行及蕎麥麵店等等，總是被附近車站上下車的人，或當地居民擠得水泄不通。

抬頭仰望天空，還能看見遠方的東京晴空塔，感覺很棒。

「咦！小新，你暑假不是塞滿了補習班的課嗎？」

走在一旁的雨宮風花毫不留情的潑平井冷水。平井、風花，以及我佐伯拓，是榮第一小學五年二班的同班同學。

結業式剛結束，我們背著裝滿暑假作業的書包，雙手捧著美勞用品和室內鞋的袋子等一大堆行李，走在回家的路上。由於三人並肩而行會擋到其他人的路，所以我獨自走在他們後面。

因為媽媽再婚，三個星期前，我們從千葉縣搬到東京都的舊城區——也就是榮町，沒想到在上學期結束前，我交到了兩個朋友。

「這次一定要去小拓家玩！」

「啊，我也要去！」

兩人轉過頭來對我說。既然風花都說「這次一定」了，我也只能點點頭。上次約她來我家玩的時候，她不小心踩空學校的樓梯受傷，所以沒有約成。

「嗯，我再打電話給你們。」

雖然我還沒有完全適應新的環境，可是能像這樣跟同學一起走路回家，我忍不住有點開心，不，是非常開心！

「嘿咻！」

平井把滿滿的行李重新拿好，因為風花的東西也在他手上。

「小新，到這裡就行了。」

「不行，還沒到。」

已經可以看到風花家「克拉拉美容院」的招牌了，平井仍不肯放下風花的行李。平井那傢伙堅持：「要是又摔跤就糟了！」自願幫風花拿行李。

平井住在車站前的大樓，跟壽商店街是反方向。我其實也可以幫風花拿，不過，他高興拿就拿吧！平井和風花從幼兒園開始就是玩伴，而且看樣子，平井很喜歡風花。

就在這個時候。

「哦！拓，你回來啦！」

有個男人從前方的陶器店冒出來，親切的叫住我。

喝！

看到男人的模樣，我忍不住倒退了幾步。男人的體型高大，夾雜著紅色髮絲的黑髮紮成一束，那種髮型加上犀利的眼神，簡直跟龐克搖滾巨星沒兩樣。

「鶴、鶴吉先生！」

鶴吉先生怎麼會出現在這裡？

經過商店街的行人都在偷瞄我們，因為鶴吉先生的氣質明顯和眾人格格不入。儘管他穿著「平凡」的白色馬球衫和長褲，腳下卻莫名其妙的踩著木屐，頭髮的顏色和五官也很張揚，總之就是非常引人注目的打扮。

嗯？引人注目？

等一下，現在除了我以外，其他人也看得見鶴吉先生？

這個人是誰？跟我有什麼關係？如果別人這麼問，這可不是三言兩語就能交代清楚的。

「哈囉！帥哥，今天進了鮮甜多汁的西瓜！要不要來一顆啊？」

蔬果行老闆對鶴吉先生說道，鶴吉先生確實長得很帥。

「老闆，不好意思啊！我身上剛好沒錢。」

鶴吉先生舉起一隻手向蔬果行的老闆示意，那姿勢就像鶴張開了翅膀一樣。

「拓，你認識他嗎？」

平井小聲的問我，就連一向淡定的平井也被鶴吉先生嚇到了。

「嗯，他是我爺爺的……」

「咦？我好像在哪裡見過這個人……」

風花一臉狐疑的盯著鶴吉先生。風花曾經見過鶴吉先生一次，嚴格來說，風花當時沒有看到他的身影，但確實感應過他的存在。

沒錯，鶴吉先生不是人類，而是「家守神」。媽媽再婚的對象所居住的房子也就是我現在住的地方，有四個守護著佐伯家的「付喪神」，鶴吉先生就是其中之一。

付喪神是一種妖怪，指的是經過上百年的漫長歲月，有魂魄寄宿的「物品」。佐伯家的付喪神們會從物品中的圖案跑出來，還能變成人類的樣子，好像是因為描繪他們的畫師具有某種不可思議的力量。

他們聲稱是保護這個家的「家守神」，長久以來，保護著佐伯家免於災難侵襲。

「你、你在這裡做什麼？」

目瞪口呆的我，好不容易才擠出這句話。

「別這麼驚訝嘛！今天家裡沒人，所以我借了雄一的衣服出來走走逛逛。」

雄一是媽媽的再婚對象，也是我現在的「父親」。仔細一看，鶴吉先生身上穿的確實是父親的衣服。

除了我以外，平常誰也看不見佐伯家的家守神，不知道為什麼，只有我能看見他們，甚至跟他們說話。我明明沒有佐伯家的血統，卻具有這種能力，真是不可思議。

而且最近又發現了一件事，那就是家守神的本體只要披上佐伯家人的衣服，就能擁有實體，除了我以外的人也能看見他們，還沒試過佐伯家人以外的衣服，下次試試看好了……

今天父親和媽媽都要上班，爺爺和奶奶也有事出門了，家裡沒有半個人。也就是說，對家守神而言是出來透透氣的大好機會。

「你們是拓的朋友嗎？還請你們多多關照拓了。」

鶴吉先生把手搭在平井的肩膀上，猛拍他的背，又示意跟風花握手。看得出來他是因為平常碰不到人和東西，所以非常享受現在的狀態。平井有點嚇到，訥訥的應了聲「好」，風花則目不轉睛的看著鶴吉先生，她肯定察覺到什麼了。

「小拓！」

這時，有個比我還小的女孩，蹦蹦跳跳的從陶器店跑出來，那孩子所到之處都留下了斑斑水跡，就像剛從游泳池上來一樣。

「金、金魚小妹！」

金魚小妹把紅茶色頭髮紮成高馬尾，穿著寬鬆上衣和短褲——那是我的衣服。

金魚小妹是描繪著紅色金魚畫軸的付喪神，能以金魚的模樣離開畫軸，也可以變成人類。不過，因為平常住在畫中的水池，化為人形時會弄溼地面，當然，通常也只有我看得見。

金魚小妹在這裡的話，就表示……

「這家店都沒有能變成付喪神的東西呢！」

緊接著，有個女人走了出來，是穿著媽媽的上衣和牛仔褲的阿藤小姐。平常總是梳著日式髮髻、穿著和服的她，今天把頭髮放下來了。還挺好看的嘛！其實阿藤小姐沒有右手，所以仔細看會發現其中一隻袖子空蕩蕩的，但是在頭髮的掩護下，看起來並不明顯。

阿藤小姐是花瓶的付喪神，化為人形時會穿上紫藤花圖案的和服，左手能像藤蔓一樣伸得很長，她藉此嚇唬過我好幾次。

「咦，龜吉先生沒來嗎？」

「對呀，要是連龜吉都來了，家裡就真的沒有半個人了。身為『家守神』可不能讓這種事情發生，所以留那傢伙看家。」

鶴吉先生是紙門的付喪神，可以從描繪在紙門上的白鶴圖案裡跑出來，也能變成人形；至於留下來看家的龜吉先生，則是另一扇紙門的付喪神。

「小拓，這些人難不成是……」

風花小聲問我，鏡片後面的眼睛閃閃發光。唔，感覺有點危險……

「嗯，這些人是我們家的家守神。」

為了不讓平井聽見，我在風花的耳邊回答。

我的話還沒說完，風花的表情就開始雀躍不已。

「我就知道！感覺跟人類不太一樣，為什麼我可以看到他們？」

「這件事說來話長，改天有機會再解釋給妳聽。」

真是的，這麼一來，誰也阻止不了「妖怪迷」風花了。風花摘下眼鏡，一臉興奮的依序觀察鶴吉先生一行人。風花也具有不可思議的能力，只要摘下眼鏡，就能感受到肉眼看不到的東西。

第一次親眼見到傳聞中的家守神，風花激動的雙眼發出光芒。

「怎麼直勾勾的盯著人家看，真是沒禮貌的小孩。」

阿藤小姐瞪了風花一眼。

我剛轉學過來沒多久，風花就發現我具有「看得見其他人看不到的東西」這種特殊能力。託她的福，我才能弄清楚搬進佐伯家後，一直苦惱著我的靈異現象，其實都是家守神搞的鬼……

另一方面，平井正以莫名其妙的表情看著風花，因為我還沒有告訴平井關於家守神的事，該怎麼說明才好呢？

「跟人類不太一樣？」

平井一臉狀況外，不妙，他聽見我們剛才的對話了。

「因、因為……這些人有點奇怪吧！」

我不想在人來人往的地方透露太多家守神的事。

「啊！我得帶這些人去我家，改天見。」

我對風花和平井揮手道別，逃也似的往前走。

「等一下！我不能去你家嗎？」

「慢點，風花！別跑，小心又跌倒了。」

風花想追上我，但是被平井拉住了。

「抱歉，改天吧！」

我留下一臉遺憾的風花，和鬆了一口氣的平井，拖著鶴吉先生離開現場。

「怎麼啦，要回家了嗎？」

「小拓，我想跟那兩個人一起玩。」

阿藤小姐和金魚小妹不滿的抱怨。

「我今天被交代要看家，而且奶奶也沒說我可以帶朋友回家玩。」

說實話，剛成為佐伯家的一分子，我其實不想讓鎮上的人看到我跟這群氣質詭異的怪人並肩同行。

我一邊安撫抱怨連連的阿藤小姐和金魚小妹，一邊離開商店街，抵達圍繞著低矮圍籬的房子，這裡就是佐伯家。木圍籬又黑又破舊，跟左鄰右舍截然不同。聽說佐伯家建造於大正時代，屋齡已經一百年了，有些房間經過整修，保養得很好，所以住起來很舒服。

「大家快點進去，萬一被別人看見，傳出家裡有可疑人物出入的謠言就不好了。」我催促杵在我身後的三個人進屋。

「不好意思啊！我們是可疑人物。」

阿藤小姐越來越不高興了。

我從書包拿出鑰匙，打開玄關門，讓他們先進去，這才終於鬆了一口氣。

「我們回來了！」

「歡迎回家。」

穿著甚兵衛（日本傳統服裝，和服式夏季短衣）的龜吉先生前來迎接我們。龜吉先生是佐伯家的第四位家守神，可以從描繪在紙門上的烏龜變成胖胖的男人；個性有點溫吞，是個很容易掉眼淚的溫柔大哥哥。只有龜吉先生不管是烏龜還是人的樣子，都能被大家看見，也能摸到東西。他

總是穿著甚兵衛，因為那是以前這個家的主人——佐太吉的衣服。

我脫掉球鞋走進屋裡時，其他四個人都已經回到他們的棲身之所「和室」裡了。

這個家以和室為中心，四周圍繞著走廊及房間。

從和室前的簷廊落地窗可以看見庭院，窗戶沿用當時興建的玻璃，因此表面呈波浪狀，可以隱約看到外面的倉庫和百日紅。

今天的天氣很熱，所以落地窗敞開著，回頭望向和室，除了龜吉先生，其他三個人皆已換回平常的衣服，當他們處於這種狀態時，就連我也只能看到他們半透明的身影。

壁龕掛著沒有金魚、只剩下水池和水草的畫軸，下面擺著紫藤花消失的素色花瓶；原本描繪著鶴與龜的兩扇紙門，只剩下岩石與樹木的背景。家守神一旦離開他們的本體，本體上的圖案就會消失。所以當和室還有其他家人時，基本上他們不會現身。

「啊！在外面散步好好玩啊！」

穿著紅色和服的金魚小妹在和室跑來跑去，滴落了一地水漬。金魚小妹說著我沒聽過的口音，不曉得是哪裡的方言，模樣非常可愛。穿著紫藤花和服的阿藤小姐又梳回原本的日式髮髻，鶴吉先生也恢復平常的打扮，放鬆的盤腿坐著。

他們剛才穿的衣服和褲子散落在地上，龜吉先生正在幫大家收拾整理，因為只有龜吉先生平常就具有實體，能摸到東西，所以經常幫忙善後。

「龜吉先生，我的衣服就不用摺了。」

我撿起金魚小妹剛才穿的上衣和短褲，走出和室。把衣服和書包放到自己房間的床上，先去盥洗室洗手，再去廚房。早上奶奶說過：

「午飯我已經準備好了，放在冰箱裡。」

打開冰箱，玻璃碗裡裝著涼麵，哇！上面還有蛋絲和小黃瓜絲，看起來好好吃。

我把涼麵和筷子放在餐桌上後坐下，四位家守神也走進客廳，龜吉先生坐在我的對面。

「宏子做的料理總是五彩繽紛、色香味俱全呢！」

宏子是奶奶的名字。

「真好！人家也想吃。」

金魚小妹來到我旁邊，雙手托著下巴。

「我們又吃不到。」

「這傢伙只是想模仿人類罷了。」

阿藤小姐和鶴吉先生也來了，圍著我七嘴八舌。

早上奶奶要我幫忙看家的時候，還很擔心「放學回家，家裡都沒人不要緊嗎？會不會很孤單？」結果根本熱鬧過頭了。

搬來這裡之前，媽媽值夜班時我總是一個人吃飯。雖然現在在大家的注視下吃飯有點不好意思，但是比一個人吃飯的滋味好多了。

「我吃飽了。」

我正要把餐具放到廚房流理臺時，龜吉先生站起來。

「這個我來就好了，小少爺請去休息。」

他立刻接過餐具，迅速清洗乾淨，龜吉先生真的好體貼啊！

「龜吉先生，謝謝你。」

「不客氣，這是為了小少爺和夫人剛來這個家的時候，我對你們做的事賠禮。」

我和媽媽剛搬來的時候，這個家原本要拆掉重建。我內心很雀躍，但是家守神擔心改建後，他們這些「老掉牙」的古董不是會被丟掉，就是被收起來，從此不見天日，所以為了阻止改建計畫，決定趕走我和媽媽。

當時龜吉先生（大概是受到阿藤小姐的命令）打破媽媽的碗，還把蜜月旅行的機票藏起來，故意找我們麻煩。

「哼！龜吉，那是因為只有你摸得到東西，我們就算想洗碗盤也洗不了。尤其是我，就算化為實體也只有一隻手。」

沒錯，平常沒有實體的阿藤小姐、鶴吉先生和金魚小妹都摸不到東西，只能直接穿透。但就算不是這樣，大概也只有心地善良的龜吉先生會幫我。

「小拓，我要看那個。」

金魚小妹指著電視說。姑且不論金魚小妹的實際年齡（超過一百歲？），由於她的外表看起來比我還小，我總是難以拒絕她的要求。

於是我拿起遙控器，打開電視。

早在我搬來以前，除了龜吉先生以外的家守神，偶爾也會偷偷跟家人一起看電視，不過他們無法選擇自己想看的節目。所以像今天這樣，家裡只有我一個人的時候，就讓他們看想看的節目吧！

電視正在播報新聞。

「忘了是什麼時候，宏子有一次沒關電視就出門了，當時播的節目好有趣，我想看那個。」

「什麼節目？」

「有一群穿著迷你裙的女孩，揮舞著棒子戰鬥的節目，棒子還會發光，亮晶晶的。」

嗯……大概是給小女生看的卡通吧！可惜現在不是播卡通的時段。

「哦！這個好。」

轉了幾個頻道後，阿藤小姐在旅遊節目的畫面喊停。女明星正從只有兩節車廂的車窗眺望田園風光，畫面上打出「暢遊秋田！火車之旅」的字幕。

「景色好美啊！」

「就是說啊！」

阿藤小姐陶醉的盯著電視，就連沒能看到卡通的金魚小妹也全神貫注的看著。

負責介紹的女明星走下火車，採訪當地人：

——你好，請問這一帶有什麼好吃的美食？

——我想想，「煙燻蘿蔔乾」吧！很好吃！

「煙燻蘿蔔乾，我知道那個！是秋田的醬菜。」

金魚小妹與高采烈的大聲嚷嚷，等等……

「這個人說話的腔調跟金魚小妹一樣。」

「這是東北方言，金魚小妹曾經在秋田待過一段時間呢！」

龜吉先生替金魚小妹回答。

「之前有跟你提過，我們都是由一位名叫信山勘兵衛的畫師所描繪的器物。他在同一個時期描繪了我們，我們在勘兵衛家共同生活過一段時間。當然，那時候我們都還沒變成付喪神。」

我記得是江戶時代後期，當時的武士還綁著沖天炮的髮髻。

「只有金魚小妹的畫軸被秋田的武士家買走，獻給主君，住進秋田的城堡。」

「什麼！也就是說，只有金魚小妹和大家分開了？」

「沒錯！我被當成寶物，掛在秋田城裡。」

金魚小妹自豪的樣子，讓我忍不住莞爾一笑。龜吉先生接著說：

「繼金魚小妹之後，我們也都離開了勘兵衛的家。江戶時代結束，進入明治時代，金魚小妹從秋田被送到東京，在許多人手中傳來傳去，終於在古董市集與阿藤小姐重逢。後來多虧當時的主人佐太吉先生，大家才能再次相聚。」

他口中的佐太吉就是爺爺的曾祖父，據說也是興建佐伯家的人。佐太吉四處蒐集勘兵衛的繪畫及作品，勘兵衛與佐伯家的祖先聽說是好朋友。

金魚小妹接著說：「來到這個家以後，又能跟大家在一起，我真的好開心啊！那時還有蝴蝶姐姐……」

「蝴蝶姐姐？」

「金魚、龜吉！那些陳年往事就別再提了。」

阿藤小姐突然以尖銳的聲音制止他們繼續說下去。

「說的也是，看電視吧！」

咦？怎麼了？鶴吉先生和阿藤小姐的臉色變得好難看。

但也只有一瞬間，過沒多久，四個人又開始吱吱喳喳討論起電視裡的景色。然而，跟剛才不太一樣，感覺有點刻意……

旅遊節目似乎已經進入尾聲了。

「我沒去過秋田，好想去看看。」

我拋出這句話，關掉開始跑片尾字幕的電視。

「拓，你很快就要去異國了，真是不知足的小孩。」

鶴吉先生的語氣有些粗魯，但嘴角帶著笑意，雖然表達得不明顯，可是我聽得出來他是在鼓勵我。

「嗯，我要去巴黎了，嘿嘿！」

鶴吉先生說的異國是指法國，放暑假時，媽媽和父親要去巴黎度蜜月，而且還會帶我一起去。

「跟新婚夫妻去度蜜月，簡直是跟屁蟲嘛！你也太不識相了。」

「才沒有這回事呢，小少爺，玩得開心點！」

「巴黎在哪裡？很遠嗎？」

大家七嘴八舌的討論。

「嗯，很遠！要從成田機場搭飛機，而且還要花半天以上。」

我決定不理會阿藤小姐的諷刺。

「就算只有一次也好，我也好想跟大家一起出去玩啊！」

阿藤小姐難得以正經八百的語氣說話。

「要在不被爺爺奶奶發現的情況下出門，頂多只能像今天這樣，稍微出去一下下吧！」

我想旅行應該沒辦法。

「對呀！而且不只如此，我們也不能離開這個家太久。」

龜吉先生突然垂頭喪氣的說。

「說的也是，我們是『家守神』，必須隨時保護這個家才行呢！」

不只龜吉先生，鶴吉先生和阿藤小姐也呈現同樣情緒，就連金魚小妹也露出悶悶不樂的表情，與剛才活蹦亂跳的模樣判若兩人。

「別這樣，我會買很多伴手禮回來給你們的！對了，奶奶快要回來了。」

突然覺得拋下他們去旅行，好像有點過意不去，我尷尬的趕他們離開，家守神們默默的回到和室，我也走回自己的房間。

大家究竟怎麼了？

第2章 倉庫裡的葛籠

「等一下！」

父親正要轉台時，我下意識的喊了一聲。

「怎麼了？拓，你想看這個節目嗎？」

父親手裡還拿著遙控器，對著電視愣住了。因為電視正要開始播卡通《少女戰隊AX》，這就是金魚小妹想看的節目。

「每週五的晚上七點開始啊！父親，遙控器借我一下。」

我接過父親手中的遙控器開始操作，預約每週錄影，打算等下次家裡只有我和家守神時，再放給金魚小妹看。

晚餐後，正在喝茶的家人們全都愣愣的盯著我看。

「不可以認為只有女生才能看這種節目！時代已經變了。」

「也對，不能拿我們這些老古板的觀念套在拓身上。」

奶奶和爺爺似乎很有感觸的喃喃自語。

媽媽的眼睛眨個不停，想必是以為她去工作不在家的時候，我都在看這種卡通節目。

「沒錯，每個人的喜好都不一樣。」

父親做出結論，但他好像誤會了……不過算了。電視畫面上，金魚小妹口中「亮晶晶」的變身橋段結束，開始與敵人作戰。

客廳充滿了和樂融融的笑聲。

暑假已經過了三天。

父親今天依然去學校上班，就算放暑假，老師還是有很多事情要做，所以還得請假才能度蜜月。

好不容易搬到晴空塔附近，我也好想上去看看……從巴黎回來再說吧！

經過簷廊時，爺爺正在庭院澆水。

多年前，爺爺從公司退休，目前正在學習打蕎麥麵，傍晚還會撥出幾個小時到蕎麥麵店的廚房打工。

在藍到看不見一片雲的晴空下，庭院的竹竿正晾著床單。

我從廚房冰箱拿出麥茶，大口大口的喝下，奶奶正在一旁切胡蘿蔔和青椒。

「我們中午吃炒飯！」

奶奶在熱好的油鍋裡，加入切碎的叉燒和蔬菜，鍋子發出爆炒的聲響，廚房充滿美味的香氣。

「小拓，可以請你去叫爺爺來吃飯嗎？」

「沒問題。」

我從玄關探出頭，今天好熱，不過因為早上爺爺在庭院澆水，所以稍微有些涼意。

「爺爺，吃飯了。」

我用手在嘴邊圍成喇叭狀，請爺爺進來吃飯。

「好！來了。」

爺爺轉過來面向我，關掉水龍頭，然後「哦！」的一聲，從口袋掏出手機，看樣子有人打電話給爺爺，只見爺爺把水管放在腳邊，坐在水井邊緣講電話。

我在庭院被阿藤小姐嚇過好幾次，有一次想用井水洗臉時，她曾經凶巴巴的恐嚇我：「那口井已經停止使用了。」

上次我也問了奶奶，奶奶說水井確實已經封掉了。

「好的。嗯，我知道了，我馬上到。」

爺爺掛掉電話，拍拍我的肩膀走進屋裡。不知道發生什麼事了，我也跟上去。

「蕎麥麵店突然接到團體預約，人手不夠，請我今天從午餐時間就過去幫忙。」

於是，爺爺在廚房喝杯麥茶就出門了。

「吃完午飯再去也不遲啊！真不曉得在急什麼。」

奶奶一臉拿爺爺沒辦法的無奈表情，將炒飯端到客廳桌上，在我對面坐下。

「我要開動了。」

「請用，多吃一點。」

奶奶的炒飯很好吃，我又添了一碗，但是因為也做了爺爺的份，所以鍋裡還剩下一堆炒飯。

「我吃飽了！」

我收拾好餐具，走出客廳打算回房間時，路過簷廊發現，爺爺剛才用來澆花的水管還放在庭院沒有收拾。爺爺好像也除了草，但是地上還放著鐮刀和垃圾袋，倉庫的門也敞開著。

爺爺真是個急性子呢！

我穿上拖鞋，走進庭院，捲好水管，將垃圾袋移到水井旁邊，再撿起除草的鐮刀，這個應該要放回倉庫吧？

這座倉庫非常古色古香，不禁讓人覺得裡面可能收藏著什麼珍貴的寶物。這是我第一次看到門開著，走近一看，倉庫門比我想像的還要厚重，萬一被關在裡面，肯定會很害怕吧！我試著往裡頭窺探，入口旁邊放著鏟子和園藝修枝剪刀等工具。

好，就放在這裡吧！

咚！

放下鐮刀的聲音比我預期的還要大聲，嚇得我抬起頭來，天花板附近有一扇小窗，從窗戶透進來的光線稍微照亮了陰暗的倉庫。

可以進去嗎？沒有人說不行，所以應該沒關係吧！

我躡手躡腳的踏進倉庫，那一瞬間，露出上衣的手臂冒出雞皮疙瘩，簡直就像開了冷氣，好涼快。

我踢開放在地上的紙箱，繼續往裡面走，正中央的後方有一面低矮的屏風，從我這個方向看過去，好像是屏風的背面。

好奇怪，屏風怎麼就這樣放在倉庫，為什麼沒有裝在箱子裡，或是用布包起來，不會弄髒嗎？

我正想繞到高度只到我腰部的屏風後面。

咦……？

這時，雖然只有一下下，但我覺得好像被什麼東西推回來，沒辦法往前走，該說是看不見的牆壁嗎？但不是硬邦邦的牆壁，彷彿撞到什麼軟綿綿的東西……是我的錯覺嗎？但是那種感覺馬上就消失了，我成功繞到屏風後面。

從門口看不到的屏風正面畫了一座山，層巒疊翠的群山呈現出深深淺淺的綠色，美不勝收，蔚藍的天空飄著一朵孤零零的雲……

這幅畫……我好像看過。

那是在我剛搬進這個家，家守神還沒有露出真面目，我一個人在屋裡探險時，我打開了放在和室壁櫥的葛籠（用竹子編成的盒子或箱子），裡面的老相簿有這面屏風的照片。

可是，好像長得不太一樣……我全神貫注的看著屏風。

啊！對了。我在照片裡看到的屏風有三、四朵雲，還是這其實是另一個長得很像的屏風呢？

那這個呢？這又是什麼？

被屏風遮住的倉庫後方放著一個葛籠，比我在壁櫥看到的還要再大一點，除此之外什麼都沒有，感覺很不自然，入口附近明明亂七八糟的堆滿了各種東西。

裡頭裝了什麼？

我想偷偷的打開蓋子，可是卻打不開。

再用一點力，蓋子還是一動也不動。

這麼古老的葛籠應該無法上鎖……

我拿起葛籠轉了一圈查看，發現蓋子邊緣的接縫處，露出一條約十公分的細藤蔓，稍微用力一拉就鬆開了，原來是這條藤蔓勾住蓋子，活像是為了防止葛籠被打開……

我的心跳突然變快。

是不是不要打開比較好？

可是藤蔓已經抽出一半了。

怎麼辦？要停手嗎？嗯……事已至此，藤蔓也無法恢復原狀了，我一口氣抽出藤蔓，輕輕的打開蓋子。

真是讓人失望，我還以為有什麼寶物。葛籠裡面長滿蜘蛛網，還爬出一隻兩公分左右的蜘蛛，嚇了我一大跳，轉眼間，蜘蛛就不曉得消失到哪裡去了。

除此之外，就只有一個茶壺。這麼大的葛籠只裝了一個茶壺……？該不會是哪位知名陶藝家的作品吧？說不定價值連城？

我撥開蜘蛛網，拿出茶壺端詳，什麼嘛！壺嘴缺了一角，表面還覆蓋著咖啡色的粉末，看不清楚上面的花紋。

「好破！」

我剛搬來佐伯家的那天，忍不住說出的那句話又脫口而出。

此時，覆蓋在茶壺上的粉塵漫天飛舞。

咦……？

嗚……頭突然抽痛了一下，大概是因為吸進大量灰塵吧！感覺頭暈目眩的，我把茶壺放回葛籠，急忙離開倉庫。

剛才明明還萬里無雲，此時卻突然烏雲密布。

啊！下雨了！雨滴打在我的額頭上，玄關的拉門同時「刷！」的一聲打開，奶奶迎面而來。

「咦？小拓，你在這裡啊！」

「嗯，我想把鐮刀放回倉庫……」

明明沒做什麼壞事，我卻好像在為自己辯解。

「謝謝你，倉庫很亂吧？」

的確很亂，還很陰暗，氣氛很嚇人。哎呀！頭又痛起來了。

「葛籠裡有一個很舊的茶壺……」

頭痛欲裂……奶奶的身影看起來好模糊。

「葛籠？茶壺？有那種東西嗎？」

奶奶不解的歪著頭，抱著收好的床單從玄關回到屋子裡。

其實我還有很多問題，像是收在倉庫的屏風似乎有某種用意？葛籠的蓋子好像刻意弄成打不開的狀態，裡面有很重要的東西嗎？我越想頭越痛。

奶奶關上窗戶，以免簷廊被雨淋溼。我也抱著頭走進玄關，眼角餘光瞥見奶奶抱著床單，走進後面房間的背影。

與此同時，家守神突然從和室的紙門跑出來，完全不看我一眼，轉眼就跨過簷廊，鑽出窗戶，走進庭院。

由阿藤小姐打頭陣，然後是金魚小妹、鶴吉先生，雖然只有一瞬間，但我看到大家滿臉憂心忡忡的樣子，平常家裡還有其他人的時候，他們幾乎都不會離開和室出來走動。

發生什麼事了？雖然很在意，但現在我只想回房間休息。

隔著簷廊的玻璃窗望向庭院，只看到雨絲紛飛，早已不見那三個人的身影。

第3章

那是我出生前的事

奶奶怎麼了？

晚餐時間，我強忍著頭痛，坐在餐桌前，看到桌上擺放的料理，驚訝得說不出話來。

家裡有五個人，偌大的餐桌上只有小碟的青菜豆腐和魚板、醬菜，以及一盤中午剩下的炒飯。燴豆腐除了胡蘿蔔和青蔥以外，還有香菇。我不喜歡黏稠的勾芡料理，也不喜歡香菇。換作平常，奶奶應該會在桌上擺滿令人食指大動的拿手好菜才對……

「這是怎麼回事，今天的晚飯只有這些嗎？我可是在大熱天工作了一天呢！」

爺爺板著臉抱怨，我差點就要點頭附和，結果還是在最後一刻忍住了。

「怎麼啦，這可是人家特地做的料理，如果你不滿意的話，也可以不要吃啊！」

奶奶橫眉豎眼的回嘴。

「唉！拜託你們不要吵架，我也累了一天，要趕在旅行前完成的工作多到做不完。」

咦？我還是第一次看到父親這麼粗聲粗氣的態度。

「我也很累啊！要做一大家子的飯菜，你以為很容易嗎？」

奶奶也是，我從來沒見過奶奶這樣說話……

我嚇了一跳，望向媽媽，她的臉色也很難看。搬來佐伯家那天，奶奶明明很體貼的對媽媽說「三餐由我負責張羅」。

「真由也要上班嘛！」

父親皺著眉頭替媽媽說話。

「我又沒有要真由做。」

「妳的意思不就是這樣嗎？」爺爺也責備奶奶。

我不想聽大人吵架，好想摀住耳朵，可是又不能真的這麼做，只好把視線從他們臉上移開。

「你昨天才說『不能拿我們這些老古板的觀念套在拓身上』，今天就對飯菜有意見了？根本是說一套、做一套嘛！」

我第一次看到奶奶這麼激烈的反駁爺爺，可是心驚膽跳的好像只有我，為什麼呢？父親和媽媽都一臉憂鬱，沉默不語。

「我不吃了，你們自便。」

晚飯吃到一半，奶奶卻突然站起來，端著自己還沒吃完的碗盤走

進廚房，我們也都跟著停下筷子。

這到底是怎麼回事？奶奶變得好奇怪，大家也都不太對勁。

平時的父親即使工作忙碌，回家吃飯時還是會一直關心我在學校的狀況，說些冷笑話逗大家笑；爺爺平常雖然不太愛講話，可是吃著奶奶做的飯菜時，總是不吝於稱讚料理美味，我們搬進來至今，佐伯家總是一團和氣，為什麼今天變得如此針鋒相對？是因為大家都太累了嗎？真的只是因為這樣嗎？

「咦，這是什麼？」

廚房傳來奶奶的聲音。

「好髒的茶壺，壺嘴還缺了一角，這麼說來……小拓，你說你在倉庫找到一個舊茶壺，是這個嗎？」

奶奶將茶壺拿到隔開廚房與客廳的吧檯上，眉頭深鎖，彷彿摸到什麼髒兮兮的東西。

「嗯，對呀！」

確實是我白天在倉庫找到的茶壺，但我離開倉庫時，應該就放回葛籠裡了……

我試圖回想當時的狀況，頭卻痛得更厲害了。

「可是我沒有拿出來！」

我好不容易擠出這句話。

「是嗎？這茶壺就放在後門，那是你拿出來的嗎？」

奶奶瞪了爺爺一眼。

「不關我的事，我只從倉庫拿出鐮刀，茶壺又不會走路，肯定是誰拿過來的吧！」

爺爺奶奶互相瞪著對方。

茶壺走路……聽到爺爺說的這句話，我愣了一下。

因為……這個家有家守神，他們可以離開本體，自由走動。

啊！頭好痛。

「拓，你怎麼了？」
看到我按著頭，媽媽問我。
「大概是因為今天太熱了，頭好痛。」
「糟糕，後天就要旅行了，千萬別感冒啊！要是現在才取消旅行，訂金就拿不回來了。」
媽媽的反應也很奇怪，如果是平常的她，一定會先關心我的身體。
但媽媽剛才那句話的意思，好像在說旅行才是最要緊的事……不過，那是媽媽的蜜月旅行，確實很重要沒錯。
「茶壺的壺嘴缺了一角，感覺真不吉利，反正也派不上用場了，乾脆丟掉吧！」爺爺一臉嫌棄的說。

壺嘴缺角的茶壺的確就像破掉的碗，正常人都會丟掉，可是這個家的人明明都很愛惜物品，正因為如此，那四個付喪神才會變成「家守神」不是嗎？

奶奶用舊報紙包住茶壺，放在後門。

「我吃飽了，先回房間做功課。」

我再也受不了了！我將自己的餐具收進廚房，頭也不回的離開客廳，穿過關上門窗而變得有些陰暗的簷廊，腳步蹣跚的走向房間。

「小拓。」

經過和室的時候，有人喊我的名字。

我打開紙門，金魚小妹端坐在三人座的沙發扶手上，朝我招手。

龜吉先生跪坐在榻榻米上，鶴吉先生和阿藤小姐站在他旁邊。大家的表情都很凝重，雖然頭痛得彷彿快要裂開，我還是無奈的走進去，坐在沙發上。

「拓，你別去旅行了。」

鶴吉先生劈頭就說。

「咦？為什麼？」

「讓雄一和你媽媽去就好。」

為什麼突然不讓我去……

「因為現在可不是去旅行的時候。」

阿藤小姐愁眉苦臉的說。

「蝴蝶的封印解開了……都是你害的。」

蝴蝶……什麼蝴蝶？

我的腦中飛舞著鳳蝶和粉蝶。

「我們沒告訴你，其實這個家還有一個付喪神。」

什麼？

「還有一個付喪神！啊……」

該不會……是上次金魚小妹不小心，說溜了嘴的「蝴蝶姐姐」吧？

「你會覺得驚訝也是正常的。」

鶴吉先生娓娓道來。

「蝴蝶是茶壺的付喪神，跟我們一樣，也是勘兵衛筆下的作品，長得美極了。她離開茶壺，以蝴蝶的姿態翩翩飛舞時，美得連我們都看得入迷，化為人形的時候，則是比你稍微大一點的姑娘。嗯，相當於阿藤的妹妹呢！」

什麼！茶壺……難不成？

「就是小少爺今天在倉庫找到的茶壺。」

我往旁邊看了一眼，發現龜吉先生的雙眼泛著淚光，我對這種表情最沒轍了。

鶴吉先生接著說：「我們不像人類擁有時間感……總之，事情發生在佐吉只有你這麼大的時候。」

佐吉先生是爺爺的父親，相當於我的曾祖父。

「這個家的人都是好人，我們過著平靜安穩的日子，當時還沒有人類看得見我們，我們也認為那樣很正常。」

「唉……」龜吉先生在旁邊嘆了一口氣。

「沒想到有一天，蝴蝶的壺嘴缺了一角，導致邪氣從缺口入侵。」

「邪氣？」

光是聽到「邪氣」這個字眼，就覺得背後一陣涼颼颼的。

「我們為了保護這個家，不得已將蝴蝶封印在倉庫的葛籠裡。」

封印……意思是把對方關起來，再貼上符咒加以禁閉。

倉庫的葛籠？也就是說……

「封印好像解開了。」

金魚小妹說到這裡，所有人都看著我。

「你打開了葛籠的蓋子吧？」

鶴吉先生瞪著我，我緩緩點頭。

「封印蝴蝶後，為了不讓閒雜人等走到枕屏風後面，我們施下了結界。」

原來那面低矮的屏風叫「枕屏風」啊！

「可是你卻輕易的跨越了結界。」

卡通經常出現「結界」這個詞，那是封印妖怪時使用的字眼，就像肉眼看不見的屏障，可以困住妖怪，那座倉庫也有這樣的結界嗎？

「啊……我今天在倉庫裡確實有感覺到一堵看不見的牆……」

但只有一瞬間，我就走進去了。

難不成那就是「結界」？

「總之，現在不是你去巴黎悠閒度假的時候。」

一向天真無邪的金魚小妹難得露出不苟言笑的表情。

我一時反應不過來，各種亂七八糟的訊息遍布在我腦中。

——還有一個付喪神。

——就是小少爺在倉庫找到的茶壺。

——你打開了葛籠的蓋子吧？

鶴吉先生又說：「即使我們變成人形四處走動，本體的紙門、畫軸、花瓶是不會動的。但剛才去倉庫一看，葛籠的茶壺已經不見了。蝴蝶現在似乎連本體都可以移動，我不曉得其他被邪氣入侵的付喪神是什麼狀況，但蝴蝶顯然還具備了其他力量。」

鶴吉先生環顧四周。

對了，奶奶剛才在後門看到的茶壺……啊！頭又開始隱隱作痛了。看我用手按著頭，金魚小妹足不點地來到我旁邊，把掌心伸到我的額頭前。

此時此刻的金魚小妹沒有實體，無法碰觸到人體或物品。但不可思議的是，我的額頭竟然覺得冰冰涼涼的，感覺好舒服，頭馬上就不痛了。

鶴吉先生看著我們，滿意的點頭。

「事情既然已經到這個地步，只好一五一十告訴你這個家以前發生的事了，只不過，不曉得家人們什麼時候會進來。」

嗯，吃飽飯後父親和媽媽一定會回房間，到時候就會經過和室前面，龜吉先生有實體，萬一被發現就糟了。

「拜託你了。」

鶴吉先生突然低頭向我行禮。

「拓，請你保護這個家，請你救救蝴蝶……這件事只有你可以辦得到。」

鶴吉先生居然在請求我……

可是，為什麼是我？我能拯救變邪惡的付喪神嗎？

「這、這種事……」

我辦不到啦！正當我想拒絕時……

砰！客廳傳來開門的聲音，有人來了。

同時，四個人紛紛回到各自的本體。其實只要具有實體的龜吉先生回去就好，不過，要是素色的花瓶或畫軸被發現的話也很難解釋。

我也連忙離開和室，父親迎面走來。

「咦？拓，你在這裡啊，我先去洗澡了！」

「嗯，對呀！請便。」

目送父親走向後面的房間，我回到廚房。記得奶奶剛才用報紙把茶壺包起來了，可是，我在後門和垃圾袋裡找了又找，卻都找不到疑似茶壺的東西。

「奶奶，剛才的茶壺呢？」

「咦，就放在那裡啊！我打算等到資源回收日那天再拿去丟，你找那種破銅爛鐵做什麼？」

奶奶在客廳裡喝茶，一臉不以為然的回答。

居然說是「破銅爛鐵」，我真不想聽見佐伯家的人說出這種話。

「可是到處都沒看到……」我一邊說，一邊望向爺爺。

「不關我的事。」

「拓，破損的茶壺就不要了，等爸爸洗完澡出來，就換你去。」

媽媽也這麼說，頭也不回的走出客廳。

廚房到處都找不到茶壺。

不太妙，就像剛才鶴吉先生說的，茶壺自己移動了。也就是說，邪惡的付喪神正在這個家裡走來走去嗎？

就連洗澡的時候也覺得忐忑不安，感覺好像有什麼可怕的東西在我身邊，所以我隨便洗洗就出來，回到自己的房間。

第二天早上，媽媽和父親出門上班後，我和爺爺奶奶待在客廳。

不一會兒，有人打電話給爺爺。

「咦……這樣啊！好，我馬上過去。」

「又要去蕎麥麵店嗎？」

奶奶馬上詢問結束通話的爺爺。

「不是，不是蕎麥麵店，我突然有點事，要出去一下。」

「去哪裡？」

「妳管我要去哪裡，去哪裡是我的自由吧！」

爺爺沒有回答奶奶的問題，自顧自的出門。

「那是什麼態度，太過分了。我今天從早上就不太舒服，本來想請他替我去一趟銀行的。」

奶奶深深嘆了一口氣，她看起來真的很不舒服的樣子。

結果奶奶還是一邊發著牢騷，一邊出門了。

大家都不在家了，也就是說……

我打開和室紙門，家守神們立刻出現在我的面前。

「雖然還沒出大事，但全家人的心情都很浮躁，想必是受到蝴蝶姑娘的邪氣影響，得快點想辦法處理才行。」龜吉先生說道。

我就覺得奇怪，怎麼大家從昨天開始，就一副想找人吵架的態度，原來這也是受到蝴蝶姑娘的影響啊！

「邪氣是從蝴蝶姑娘缺了一角的壺嘴入侵，所以如果物品破損，都會被邪氣影響嗎？」

「像我們這種器物一旦出現傷痕，受傷的地方就會產生『縫隙』，容易遭邪氣入侵，但這是可以阻止的，像我這樣。」阿藤小姐說。

看我一頭霧水，龜吉先生幫忙說明：

「當蝴蝶姑娘還是家守神，住在這個家裡的時候，雄吉先生的父親佐吉少爺年紀還很小，在和室裡跑來跑去，不小心撞倒了阿藤小姐。」

「當時我真是嚇壞了，你瞧，這裡破掉了。」

阿藤小姐稍微掀開和服的衣領，從她的脖子到肩膀有條貌似縫補缺口的金色痕跡，這麼說來，花瓶也有一條這樣的線。

「那時候，佐吉少爺捧著阿藤小姐嚎啕大哭，拚命用飯粒把阿藤小姐補起來。」

「用飯粒？」

「以前的人會把飯粒搗碎做成漿糊，當然，光靠飯粒無法黏合破掉的花瓶。但那是小小年紀的佐吉少爺因為珍惜物品，發自內心採取的行動，那份心意保全了阿藤小姐。」

「要是沒有佐吉，邪氣大概也會從破損處入侵，佐吉用飯粒緊急處理後，家人接著鄭重其事的把我送修，以金繼的方式修補好。」

「金繼」是指用漆黏合破碎或缺損的陶瓷器物，再塗上金粉的修復方法。

「可是蝴蝶姑娘受傷時卻沒有這麼做，因為蝴蝶姑娘的茶壺是用來招待客人喝茶的時候用的……

某天，有客人前來拜訪，家人端著茶具到和室時發生地震，不小心失手讓蝴蝶姑娘掉到地上，導致壺嘴缺了一角。」

當時客人還在，所以只能先草草收拾一下。

客人離開後，佐伯家的人才發現壺嘴缺了一角，到處尋找缺損的碎片，家守神也趁家人不注意時幫忙尋找，可是始終沒有找到。

「對這個家來說可是一件大事。」

龜吉先生垂頭喪氣的說。

「蝴蝶姐姐因為壺嘴缺了一角，只能發出奇怪的聲音。」

「然後就逐漸被邪氣入侵，蝴蝶也曾拚命抵抗，但臉色還是越來越憔悴，眼神也越來越銳利，整張臉變得很可怕。」

對於平常總是很開朗的金魚小妹和冷靜的鶴吉先生來說，這大概是很難過的回憶，他們的聲音都哽咽了。

「邪氣入侵的影響馬上就表現出來了，當時的主人佐太吉先生十分迷戀畫師勘兵衛描繪的古董，所以才把我們蒐集回來。但或許是受蝴蝶姑娘的邪氣影響，他不再只執著於勘兵衛的作品，而是對所有古董都產生強烈的占有慾，開始花大錢買下明顯是假貨的東西。」

龜吉先生嘆了一口大氣，鶴吉先生接著說下去：

「後來，有個男人帶著壺及畫軸找上門，我們一看就知道他是個騙子。」

眼看蝴蝶姑娘就要為這個家帶來災禍，再這樣下去佐太吉可能會受騙上當，損失一大部分的財產，甚至連這棟房子也會被騙走。

「你們阻止了這件事發生。」

「但卻是以封印伙伴的方式。」

從大家的表情可以看出，那是多麼痛苦的決定。

「因為我們是『家守神』……封印蝴蝶姑娘後，從佐太吉身上可以看出來，髒東西已經沒有附身在這個家了，佐太吉不再亂花錢了。後來戰爭爆發，這個家也經歷十分艱苦的時期，但基本上都沒有發生什麼大事。」

龜吉先生說的內容，跟我剛轉學過來的時候，妖怪迷風花告訴我的幾乎一致。

本來是好妖怪，卻因為某種原因被邪氣纏上，成為邪惡的化身……

「懂了嗎？這件事因你而起，千萬不要告訴我，你還有閒情逸致出國逍遙！」

阿藤小姐平常就已經夠不可一世了，現在又更加咄咄逼人了。昨天鶴吉先生低頭向我懇求時，我確實有些於心不忍，可是像這樣命令我，反而讓我有些火冒三丈。

「話不是這麼說的，要去巴黎是早就決定好的行程，我不去的話，媽媽和父親一定不會答應，媽媽昨天才要我『千萬別感冒』。而且護照也辦好了，更重要的是，我想去！」

「要是在江戶時代，像你這個年紀的小孩早該出去工作了，別成天跟在媽媽後面。」

「想去的話，等你長大以後再靠自己賺的錢去。」

鶴吉先生和阿藤小姐輪流對我連珠開炮，我差點就要點頭答應，幸好我堅持住了。

「我只是小學生，要我保護這個家？拯救蝴蝶姑娘？該怎麼做？我一點頭緒也沒有。」

見我滔滔不絕的反駁，阿藤小姐輕飄飄的走到壁龕前，直勾勾盯著自己的本體，也就是那個花瓶，對龜吉先生使了個眼色。

「龜吉，把那個拿出來。」

「好的。」

阿藤小姐一聲令下，龜吉先生站起來，走向壁龕，慢慢拿起花瓶倒過來。

有個小東西從瓶口掉出來，像是用陶土做的通心粉。

「這是什麼……」

「是蝴蝶的碎片。」

「妳找到啦！」

「沒錯。封印蝴蝶後，我們拚了命找，最後是龜吉在地板下找到的。」

等一下，也就是說……

「既然如此，找到的時候趕快黏起來不就好了，龜吉先生應該可以搞定吧？」

鶴吉先生回答我的疑問：「阿藤的故事你都沒在聽嗎？修復變成付喪神的器物，需要主人『想要修好』的心意，所以由我們修好是沒用的。」

「也就是說，只要把茶壺找出來，請爺爺或奶奶把碎片黏回去就好了？」

「沒這麼簡單！蝴蝶肯定恨透了我們，邪氣已經徹底滲透她的心，她應該不願意被這個家的人修復好，反而是想毀掉佐伯家吧！」

「這也太恐怖了，我們是不是應該趕快逃走？」

「拓，你想眼睜睜的看著這個家崩裂嗎？」

唉……真是的，當然不想啊！

第4章 留守家中

第二天，今天就要出發前往巴黎旅行了，媽媽和父親請了一星期的假，我的行李也打包好了，只剩下動身而已……

但是我一直躺在床上。

「拓，起床了。」

門外傳來敲門的聲音，是媽媽。

「嗯……」

「我要進去了！」

砰的一聲，門開了，我把棉被拉高，蓋住頭頂。

巴黎……我好想去啊！可是……

腦中一一浮現阿藤小姐、金魚小妹、鶴吉先生和龜吉先生的臉。

總是那麼溫柔的龜吉先生看起來好痛苦；自信過人的鶴吉先生低頭求我幫忙；天真活潑的金魚小妹變得好沉默；動不動就生氣的阿藤小姐提起蝴蝶姑娘竟是一臉哀戚。

如果我不顧大家的懇求，硬是去了巴黎，也一定無法玩得開心。

「拓，快起來，吃完早飯就要出發了。」

我辦得到嗎？不知道，但也只能試試看了。

好吧！我繼續拉著棉被遮住臉，盡可能發出虛弱的聲音。

「我肚子好痛。」

「什麼？」

「我沒辦法去旅行了。」

我很擔心當護士的媽媽會識破我在裝病……

我緊閉雙眼，用力擠出痛苦的表情，將棉被從頭上拉下來。

「媽媽和父親去巴黎就好了。」

媽媽沒有回答，我睜開眼睛，看著她的臉。

「嗯……」

咦……我還以為媽媽會很擔心我，但她臉上更多的是傷腦筋的表情，前天也是這種感覺。

「要坐半天以上的飛機，萬一飛到一半更不舒服也很麻煩，但也不能因此就取消旅行。」

「只取消我的部分也要收費吧？」

「那當然，畢竟是當天才取消。」

要是能提早一個禮拜就好了。

「對不起，可是如果勉強成行，反而會給你們添麻煩。」

「這倒也是，要是到了當地才要住院就傷腦筋了。」

「所以我還是留下來好了，奶奶也在，所以不用擔心。妳把藥放在這裡，萬一吃了還是沒有好，再請奶奶帶我去看醫生。」

媽媽把手放在我的肚子上。

「你前天才說頭痛，今天就變成肚子痛？會不會是感冒了？哪邊痛？我按一下，如果覺得痛要說！」

「嗯……整個肚子都痛，感覺很不舒服。」

「會想吐嗎？」

「不會。」

再扯下去就要穿幫了，我慢吞吞的坐起來。

「我去上廁所。」

我按著肚子，緩緩走出房間。媽媽大概趁我上廁所時跟父親說了，我回房間的時候兩個人都在，桌上放著藥和裝了水的杯子。

「來，先吃藥。」

「嗯……」

看來不吃不行，我只好鼓起腮幫子，假裝吞下去。

「上過廁所稍微好一點了，但我還是沒把握是否能坐飛機。」

我說完又窩回床上。

「你不跟我們去真的沒關係嗎？」父親問我。

「嗯，你們快去準備，免得趕不上飛機。」

兩人好不容易離開房間，我立刻把藥吐出來，包在面紙裡丟掉。

過了一會兒，媽媽和父親又進來我的房間。

「怎麼樣？有好一點嗎？」

「好多了……但還是很痛。」

「我給了奶奶好幾種藥，拜託她照顧你，如果還是很不舒服，一定要跟奶奶說！」

「嗯，玩得開心點。」

我想送他們出門，但還是忍住了。

「那我們走了，拓，你好好休息。」

媽媽和父親互相看了對方一眼，走出房間。我豎起耳朵，過了一會兒，玄關傳來熱鬧的交談聲，想必是爺爺奶奶正在送他們出門。

我也……我也好想去，至少想為他們送行。

淚水奪眶而出，我用棉被擦掉。

肚子也好餓，可是現在絕不能說我想吃東西，明明不想睡，但也只能睡覺。

門開了，龜吉先生探頭進來，沒多久，其他三位家守神也走進我的房間。

「我不去巴黎了，這樣總行了吧！」

我氣沖沖的坐起來，四個人都用力點頭。

「只要找到茶壺就好了嗎？」

「這是當務之急，但是大概沒這麼容易找到。」

鶴吉先生環抱著雙手，臉上露出比平常更嚴肅的表情。

總之，只能先在家裡進行地毯式搜索了，正當我這麼想的時候，

啪啪啪──耳邊傳來穿著拖鞋在走廊前進的腳步聲。

快躲起來！

我連忙對大家比出手勢，龜吉先生立刻變成烏龜，躲到床底下。

另外三個人則留在原地，反正除了我以外，誰也看不見他們。

「小拓，我可以進去嗎？」

「請進。」

奶奶走了進來，明知奶奶看不見阿藤小姐他們，我還是很緊張。

「肚子還好嗎？」

「還好，已經不痛了。」

「那就好，其實我的身體從昨天開始也怪怪的，如果你吃得下東西了，再請爺爺做給你吃好嗎？」

「我還沒什麼胃口，晚點再自己弄東西吃。」

「這樣啊，那我去床上躺一下。」

奶奶說完這句話便回到自己的房間，我換好衣服，走進廚房。

「聽說你不舒服？宏子和你都中暑了嗎？」

爺爺看著報紙問我。

「或許是吧，不過我已經好很多了。」

打開冰箱，還有昨天剩下的豆腐，因為沒有別的東西可以吃，我只好拿出來配飯。咦……我明明很討厭勾芡的食物，但可能是因為肚子餓，這時候覺得燴豆腐還挺好吃的。

叮咚！

門鈴響起，爺爺起身走向玄關。

從爺爺應門的聲音聽來，客人好像被帶進和室，奶奶大概也聽見門鈴響了，踩著緩慢的步伐走進客廳。

「有客人嗎？」

「嗯，去了和室。」

奶奶看了一眼玄關的鞋子，不解的說：「會是誰呢？」同時開始泡茶。端茶過去再回來的奶奶忿忿不平的抱怨：

「老頭子居然說『這裡沒妳的事』，真是太過分了。」

奶奶的心情很差。

後來爺爺和客人一起出門了。奶奶又一臉不舒服的坐在沙發上休息，她大概會坐上好一陣子吧！我離開客廳，走進和室。

鶴與龜同時從紙門上現身，變成鶴吉先生和龜吉先生。藤蔓從壁龕的花瓶裡伸出來，變成阿藤小姐。金魚從畫軸裡跳出來，在空中化為人形，著地的前一刻，尾鰭變成了雙腳。

喝完的茶杯還擺在和室的茶几上。

「麻煩大了。」

鶴吉先生的臉色相當難看。

「剛才的客人是個騙子，跟以前纏上佐太吉的傢伙一樣。不，可能會發生更嚴重的事。」

昨天才提到佐太吉先生差點被騙的事。

「爺爺也要買什麼東西嗎？」

「他說他想蓋大樓。」

「大樓！大樓不是說蓋就可以蓋的東西吧？」

我嚇了一跳，大聲說道。

最近有很多專門詐騙老人家的壞蛋，可是再怎麼花言巧語的哄騙爺爺蓋大樓，他會輕易上當嗎？

「明明才剛決定不改建這個家的。」

「雄吉在商店街的後巷有一小塊土地，好像有人計劃在那裡蓋大樓，剛才還談到向銀行借錢的事，搞不好是一起去銀行了。必須快點弄清楚這個人的來歷才行，我跟去看看吧！」

鶴吉先生自告奮勇的說，他馬上在簷廊變成鶴，展翅往前飛去。

「唉……」

龜吉先生和金魚小妹雙雙嘆息。

「快點，我們也去找茶壺，不能再拖下去了。」

在阿藤小姐的催促下，我們慌慌張張的離開和室。

結果還是沒找到茶壺。要是在儲藏室翻箱倒櫃，可能會讓奶奶起疑，也不好趁媽媽不在的時候進他們房間，沒想到找一個看得見的東西這麼困難……

「要是有什麼方法可以察覺茶壺的存在就好了。」

龜吉先生有氣無力的說。聽到這句話，我想起一個人。

風花！只要她摘下眼鏡，就能感應到周圍妖怪的「氣息」，而且她非常想來我家，找風花來就行了！

我趕緊從書包拿出寫著風花家電話的紙條，火速衝進客廳打電話，不料奶奶正一臉火大的坐在客廳，瞪著手機畫面。

「你爺爺今天也說不用準備他的午餐。」

看來是爺爺傳簡訊給奶奶，說他要直接去蕎麥麵店幫忙。

奶奶嘆了一口氣，站起來說：「看來只有我們兩個人，中午就叫外賣吧！」

奶奶點了鰻魚飯，顯然是為了出一口氣。但奶奶似乎還是沒有胃口，邊吃邊唉聲嘆氣。我早上只吃了一點東西，所以幾乎是狼吞虎嚥。

「小拓，你的胃口好好啊！要是早一點這樣的話，或許就能去旅行了。」

我突然心跳加速。

「嗯……可是我早上真的肚子好痛。」

只能裝傻了！一般人如果肚子痛，那天應該會吃得清淡點吧，可是奶奶自顧不暇，無力注意到這些細節，所以沒關係。

我問奶奶：「等一下可以找朋友來玩嗎？」

奶奶也說：「可以呀，我去裡面休息。」

很好！我也吃飽了，充滿活力。

奶奶回房後，我打電話給風花。

「你好，這裡是雨宮家。」

要是打到克拉拉美容院就太害羞了，幸好風花家跟美容院的電話好像是分開的，話筒那頭傳來風花的聲音。

「我是佐伯。」

「小拓？」

「嗯，那個，我想問妳要不要來我家……」

「可以嗎？太感謝你了。那我問問看小新，因為他也想一起去！我等一下再打電話給你。」

其實我只是希望她能幫忙找出被邪氣入侵的茶壺，但她早已性急的掛斷電話。算了，等他們來了再仔細說明吧！

沒想到過了幾分鐘，回我電話的是平井。

「拓！補習班今天有考試，所以去不了。我要出門了，晚點再打電話給你。我已經跟風花說過了，你知道該怎麼做吧？」

話筒那頭傳來平井慌張的聲音，我懂了，他不希望我和風花單獨相處。

「我知道。」我無奈的說道，才剛掛電話就換風花打來。

「小新真是的，交代我絕對不可以自己偷跑。我明天剛好要去親戚家，雖然很遺憾，但是改天再約吧！一定要再約我！」

「嗯，好的，改天見。」

掛斷電話，往和室看，跟在爺爺他們後面的鶴吉先生回來了。

「雖然還沒有簽約，但對方逼得很緊，得快點想辦法才行。」

可是也不能要求爺爺「不要簽約」……

傍晚，爺爺回來了，因為奶奶還沒有準備晚飯，爺爺忍不住出言抱怨，於是兩人又開始爭吵。

為了打發時間，我在自己的房間看了一下漫畫。然後進客廳一看，客廳沒有開燈，爺爺奶奶好像先睡覺了。

中午吃了一大碗鰻魚飯所以還不太餓，我在廚房找到麵包，用來代替晚餐，又喝了牛奶。回房途中經過和室前，和室靜悄悄的。家裡非常安靜，也暗得令人毛骨悚然。

第二天一早，媽媽和父親傳電子郵件到爺爺的手機裡。

「我們已經平安抵達巴黎，拓就拜託爸媽多費心了。」

簡單報平安之後是給我的訊息。

「拓，聽說你恢復活力，我們總算放心了。抵達成田機場時，我們突然很後悔留下拓一個人在家，差點想立刻調轉回頭。在飛往巴黎的飛機上，我們也一直在想，是不是應該取消旅行比較好。

雖然飛機才剛落地，還是傳張照片給你看，真希望你能跟我們一起來。但想再多也沒用，我們會連你的份也一起好好享受。我們時時刻刻都惦記著拓！即使分隔兩地，心也在一起！媽媽和父親留。」

還附上一張在機場拍的照片，兩個人都笑得很開心。

如同龜吉先生所說，昨天受到蝴蝶姑娘的影響，媽媽沒有餘力關心我，一旦離開這個家，媽媽又恢復了溫柔體貼的心。

讓他們自己去果然是對的，畢竟是蜜月旅行嘛！

「我已經回信告訴他們你沒事了，真羨慕那兩個人如此逍遙。」

奶奶看著照片，酸溜溜的說。奶奶明明是個開朗的人，都是蝴蝶姑娘害她說出這麼小心眼的話。

「爺爺，這張照片可以印出來嗎？」

我拜託爺爺，只要把照片印出來，就能隨時看到媽媽和父親的笑容了。

「等一下。」

爺爺雖然露出不耐煩的表情，但還是打開印表機的開關並放上紙張。嘰嘰……印表機列印出媽媽和父親的照片。

從手機收到媽媽和父親在遙遠地方拍的照片，再用這臺機器印出來……感覺真是不可思議。

剛轉學過來的時候，我問過級任老師楠亞由美：「妳認為妖怪存在嗎？」

老師從教室的窗口看著晴空塔回答：「電子郵件和人的聲音變成

訊號，在空中傳來傳去，世上有很多肉眼看不見的東西，所以妖怪應該也存在吧！」

現在不曉得躲在哪裡的蝴蝶姑娘，就是那個看不見的東西，邪氣正在侵蝕這個家。

爺爺把照片遞給我，拿起放在印表機旁邊的大信封袋。

「我出去一下。」

「去哪裡？」

奶奶問爺爺，但爺爺只說「中午會直接去蕎麥麵店」沒有正面回答。奶奶的身體不舒服，爺爺不是應該要留在家裡陪她嗎？

目送爺爺出門後，奶奶立刻抓著沙發扶手坐下來，我拿起印好的照片回到房間。

關上房門，重新凝視媽媽和父親的照片，再看著放在桌上和爸爸的合照，在我五歲時過世的爸爸，對我而言相當重要。

剛來到這個家的時候，我擔心如果正大光明擺出爸爸的照片，會讓新父親覺得不愉快，所以都收在抽屜裡。不過媽媽說：「你可以把爸爸的照片放在房間裡。」

可是，把新父親的照片跟爸爸的照片放在一起又覺得怪怪的，所以最後我把媽媽和父親的照片收進了抽屜。

第5章

蝴蝶姑娘

因為奶奶身體不舒服，所以我幫忙晾衣服、買中午的便當回來，我能為奶奶做的只有這些了……

我也利用奶奶在房間休息時尋找茶壺；在內心默默說聲「抱歉」後，進到媽媽他們的房間；也翻遍廚房和家裡每一個角落，可惜到處都找不到茶壺。

到了下午，奶奶好像稍微有精神了，一邊說著：「天氣真好，都晒乾了」，一邊到庭院收衣服，我則在簷廊等著幫忙接衣服。

「謝謝小拓。」

然而，把衣服全部收進來以後，我大吃一驚，因為奶奶悉心照顧的玫瑰花都枯萎了。

「怎麼了？」

奶奶順著我的視線回頭看，發出「哎呀！」的驚呼，目瞪口呆。

「雖說差不多是玫瑰花要凋謝的時期了，但怎麼會一口氣全部都枯萎了……」

「嗯，而且水井那邊有點霧霧的咖啡色是什麼？」

「咦？有嗎？」

奶奶好像看不見，也就是說……

我的手臂突然爬滿了雞皮疙瘩，我沒有風花那種能感應到「氣息」的能力，但大概知道那些咖啡色的霧氣不是什麼好東西。

有什麼東西在這裡……這裡很危險。

「奶奶，不能待在這裡。」

我穿上放在簷廊前方的涼鞋，趕緊衝向奶奶。

與此同時，藤蔓穿過和室的紙門，延伸到庭院，是阿藤小姐，長滿花朵及葉片的藤蔓前端穿過我的身體。

「拓，快帶宏子進屋！」從藤蔓變身的藤子小姐大喊。

金魚小妹和鶴吉先生也進入庭院，所有人都一臉沉重的凝視著半空中。

「噫……！」

眼前是驚心動魄的畫面。

穿著蝴蝶圖案和服的少女，全身籠罩在咖啡色的霧氣裡，漂浮在半空中，臉色灰敗，紮成雙馬尾的長髮隨風擺動，跟蛇沒兩樣。

少女的身影呈現半透明，以人類來說，大概是國中生或高中生的年紀，這個女孩是……茶壺的付喪神——蝴蝶姑娘？

「你們居然……居然把我關了那麼久！」

少女對阿藤小姐一行人吶喊，伴隨著異常沙啞的聲音，嘴巴吐出咖啡色的粉末。

就在這個時候，金魚小妹居然奔向蝴蝶姑娘。

「蝴蝶姐姐！是我，金魚。」

「金魚！不要過去。」

阿藤小姐伸出左手想拉住金魚小妹，但金魚小妹轉身避開。

「金魚小妹，危險！當務之急是先將奶奶帶到安全的地方。」鶴吉先生聲聲催促。

「拓，你在做什麼！快帶宏子進屋！別讓她吸入蝴蝶的鱗粉！」

鱗粉？原來咖啡色粉末是蝴蝶的鱗粉。

「奶奶。」

我抓住奶奶的手，把奶奶拉進玄關，迅速推開拉門，硬把奶奶推進去：「您在沙發上休息一下。」然後提心吊膽的回頭。

「啊！金魚小妹！」

金魚小妹全身被絲線纏住，不好了！蝴蝶姑娘手中的蜘蛛正朝著金魚小妹吐絲。

「蝴蝶姐姐！」

金魚小妹大聲尖叫的同時，被拉往蝴蝶姑娘的方向……消失了。

庭院只剩下漫天飛舞的咖啡色鱗粉，剛才的少女已經不見人影。

金魚小妹也……不見了。唯有水井和百日紅還掛著巨大蜘蛛網，證明剛才發生的一切不是做夢。蜘蛛……這麼說來，我在倉庫打開葛籠時，貌似有蜘蛛從裡面爬出來。

大概是和奶奶一前一後出來的，只見龜吉先生筋疲力盡的雙手撐地，而鶴吉先生和阿藤小姐都茫然的佇立在原地。

「金魚小妹為什麼要主動靠近蝴蝶姑娘？」

「金魚小妹非常仰慕蝴蝶姑娘！大概是想起以前的事了。」

龜吉先生喃喃自語。

「這不重要，先找金魚！」

聽到鶴吉先生的催促，我們趕緊振作起來。

我在庭院裡找了一圈，然後爬上簷廊。先把放在簷廊上的衣物移開，心想金魚小妹會不會躲在裡面，再打開紙門往和室張望，和室和畫軸都沒有金魚小妹的身影。

回頭時，剛好看見鶴吉先生走進倉庫，龜吉先生變成烏龜，鑽進地板下，可是過了一下，他們都搖著頭出來了。

「金魚小妹呢？被帶到哪裡去了？」

即使我不斷追問，甚至緊抓著再次變成人形的龜吉先生，他也不發一語。

「剛才那位就是蝴蝶姑娘吧？」我看著鶴吉先生說。

「對。」鶴吉先生回答，同時盯著少女剛剛漂浮在半空中的位置。

「變成那樣真是太可憐了。」

龜吉先生低著頭無精打采的說，鶴吉先生勉強擠出聲音：

「蝴蝶雖然有些鑽牛角尖，但她原本是個心地善良、性格耿直的姑娘。」

「她果然恨死我們了，雖然我早就已經做好心理準備。」

阿藤小姐也用微弱到快聽不見的聲音說。

這時，龜吉先生發出「啊」的叫聲，順著他的視線看過去，我大吃一驚。

缺少金魚圖案的畫軸邊緣，出現了一道細微的裂痕！

「大事不妙。」

我走到壁龕前，鶴吉先生站在我旁邊，阿藤小姐和龜吉先生也隨後跟上。

「畫軸雖然很舊，可是原本沒有破掉吧？」

「沒錯。」

阿藤小姐的臉色發白。

「器物受損時，邪氣就會從缺口入侵，不過有時候也會反過來。」

龜吉先生有氣無力的說。

反過來？什麼意思？

「因為離開畫軸的金魚被捉住，而且還受傷了，傷痕也會反應在本體的畫軸上……」

鶴吉先生注視著畫軸破損的地方，喃喃自語。

「你是說金魚小妹受傷了？」

三個人默不作聲。

「說話啊！得快點救出金魚小妹才行。」
「不用你說我們也知道！」
阿藤小姐瞪了我一眼……好可怕，但阿藤小姐看起來好悲傷。
眼淚從龜吉先生水汪汪的雙眸滴落。
「龜吉，哭是解決不了問題的！」
「我知道，妳說的沒錯。」
「再這樣下去，就連金魚也會被邪氣入侵。」
鶴吉先生一臉苦惱。
金魚小妹被邪氣入侵？金魚小妹也會變得跟剛才那位少女一樣可

怕嗎？這可不行！

一定要救她。

問題是，該怎麼救？

金魚小妹……我輕撫畫軸。

「對了！」

鶴吉先生靈機一動。

「就像佐吉修好破掉的阿藤那樣，拓，由你來修復畫軸。」

「什麼！我嗎？怎麼做？」

「怎麼做都行啦，動作快！」

「沒錯沒錯，趁金魚小妹還沒被邪氣入侵，小少爺，快點！」

阿藤小姐和龜吉先生也催促我。

應該有修理畫軸的方法，但是我不知道。

不過，他們說阿藤小姐破掉時，曾祖父佐吉先生也只是用飯粒黏一黏，如果這樣就可以搞定的話……

我衝向自己的房間，撕下一頁桌上的筆記本，抓起口紅膠和剪刀後，趕緊回到和室。

我用顫抖的手剪下一條細細長長的紙，塗上膠水，貼在畫軸背面。

阿藤小姐一行人屏氣凝神，在旁邊看著。

可以嗎？就這樣……就只能這樣……

「小少爺。」

龜吉先生抓住我的手，用水汪汪的雙眼看著我。

我瞬間放鬆下來，有點想哭。不行，現在還不是哭的時候。

所有人都懷著忐忑不安的心情凝視畫軸，彷彿時間靜止。

過了好一會兒……

「各位！」

耳邊突然傳來活潑的聲音，同時有一個紅色影子，從簷廊飛快的衝進和室。

「金魚小妹！」

「小拓！謝謝你救了我！」

金魚小妹試圖一把抱住我，我也張開雙臂……卻只看見金魚小妹直接穿過我的身體，像個失控的火車頭在和室裡跳來跳去，牆壁和地板上留下斑斑水漬。

「金魚，冷靜點！」

鶴吉先生與阿藤小姐抓住金魚小妹，讓她坐在沙發上。

「金魚小妹，妳被帶到哪裡去了？」

「我也不知道，只知道是很暗的地方，然後這裡不曉得被什麼東西弄傷了，大概是蝴蝶姐姐缺了一角的壺嘴，你們看。」

金魚小妹伸出右手給我們看，右手臂有條跟畫軸破損的裂痕差不多的傷口。

「可是啊！過沒多久，周圍突然變得很亮，我就回到這裡了。」

「真是的，我好擔心妳。沒事就好，誰叫妳要冒冒失失衝出去，看也知道那個人已經不是以前的蝴蝶了。」

原本面帶微笑的阿藤小姐疾言厲色的說。

「可是……她還是蝴蝶姐姐啊！我好想她。」

金魚小妹有如洩了氣的皮球，默默的低下頭。

「也是，雖然她的樣子很可怕……但還是蝴蝶姑娘啊！」

龜吉先生也點頭附和，貌似再也忍不住了，伸手抹去淚痕。

阿藤小姐和鶴吉先生什麼也沒說，但我知道他們的心情也和金魚小妹、龜吉先生一樣，大家都很難過。

「不好意思，今天先讓我們休息一下。」

鶴吉先生說完後，與龜吉先生回到紙門，金魚小妹則回到畫軸，阿藤小姐也消失在花瓶上。

「嗯，大家好好休息。」

我也懷抱著對未來的不安慢慢走出簷廊，落地窗敞開著，這時候的庭院格外安靜。

封印著蝴蝶姑娘的倉庫、古老的水井，隔著圍籬，遙遠的天空可以看到晴空塔的頂端。

對了，我突然擔心起奶奶，抱著收進來的衣服，走到客廳一看，奶奶有氣無力的坐在沙發上。

「是你啊，小拓。」

「奶奶，您沒事吧？」

「沒事，我得去準備晚飯了。」

奶奶說完，想站起來，馬上又一陣踉蹌，跌坐回沙發上。

「小拓，不好意思，可以請你去商店街買些現成的小菜回來嗎？」

「嗯，我馬上去。」

奶奶看起來真的很不舒服，可是現在的模樣跟之前咄咄逼人、隨時想找人吵架的時候已經不一樣了。

「抱歉啊！我大概中暑了。」奶奶說完，開始慢慢的摺衣服。

才怪，都是蝴蝶姑娘害的，但是又不能告訴奶奶。

我接過買菜的錢，在壽商店街的小超市買了什錦炊飯和滷味拼盤回家。

爺爺將近晚餐時候才回來。

「今天居然是現成的飯菜嗎？」

爺爺大肆抱怨，板著臉開始吃飯。爺爺似乎不像奶奶那樣出現身體上的變化，但是變得很愛挑毛病，奶奶已經沒有力氣反駁爺爺了。

歡樂的氣氛完全從佐伯家消失了。

第6章 夜裡發生的事

當晚，我躺在床上翻來覆去，怎麼樣也睡不著。

慘了，毫無睡意。都是因為看見蝴蝶姑娘本人……好可怕，恐怖的蝴蝶姑娘躲在哪裡呢？睡到一半會不會發生什麼事啊？害我忐忑不安，久久無法入睡。

抱著枕頭去和室睡吧？

可是各位家守神都累了，至少今天想讓他們好好休息。

人一旦失眠就會開始想東想西，媽媽和父親好嗎？今天在巴黎參觀了哪些景點呢？

這麼說來，提到旅行時，家守神說「我們不能離開這個家太久」，是因為他們不能離開封印了蝴蝶姑娘的家嗎？

我左思右想時，不知不覺打起瞌睡來，可是……

唔……身體好重。

枕邊的小夜燈微微照亮了房間，此時還是半夜。

好痛苦……身體動不了。

回過神之後，發現我的手腕被絲線綁在床上，是蜘蛛絲！

唔！不行，扯不斷。

（來、來人啊……）

喉嚨無法發出聲音，我躺在床上動彈不得，發現天花板其中的一小部分散發出白色微光，那是什麼？白色微光逐漸擴大……中間有一隻小蜘蛛，正從嘴裡吐出絲線築巢。

蜘蛛網越織越大，房間也越來越亮。

（啊……！）

蝴蝶姑娘出現在我床邊，表情十分猙獰。

（救命啊！鶴吉先生、龜吉先生、阿藤小姐、金魚小妹，救救我！

媽媽！）

還是發不出聲音，我會被蝴蝶姑娘殺掉嗎？我不要！

如果會被殺掉，早知道就跟他們一起去巴黎了。

等我們回來，如果這個家已經毀滅了，三個人再另外找地方住就好了，那爺爺和奶奶呢？家守神們呢？只要自己平安無事就好了嗎？

（才不好！）

見我拚命掙扎，蝴蝶姑娘臉上露出得意的笑容，緊盯著我。

「你看得見我啊？」

低沉又沙啞的嗓音傳來，她的語氣跟金魚小妹完全不一樣，跟阿藤小姐也不一樣。

「這個家的付喪神似乎很喜歡你呢！呵呵，讓你看個好東西吧，我的僕人會變法術，讓他表演一下那群人對我做的事。」

蝴蝶姑娘舉起手，指著前方天花板的蜘蛛網，上頭有隻小蜘蛛。

那隻蜘蛛想對我做什麼？

（走開！給我消失！）

沒用，還是叫不出聲音，喉嚨好乾，我簡直就像一隻被蜘蛛網捕捉的昆蟲。

掙扎的過程中，有某個畫面浮現在天花板的蜘蛛網上。

那是佐伯家的庭院，蜘蛛網就像電影院的大銀幕開始播放影像。

庭院裡，家守神的身影越來越清晰。

阿藤小姐、金魚小妹、鶴吉先生和龜吉先生，還有另一位將長髮紮成雙馬尾的女孩子，她身上的和服描繪著美麗的蝴蝶圖案……這個人是蝴蝶姑娘。

（我懂了，這是蝴蝶姑娘遭邪氣入侵前的畫面。）

蝴蝶姑娘和金魚小妹跑來跑去，發出銀鈴般的笑聲。

「妳們也玩得太瘋了。」

阿藤小姐環抱雙手，看著她們嬉鬧。咦，阿藤小姐的右手還在？

不僅如此，我從未見過阿藤小姐如此溫和的笑臉。

「阿藤姐姐，金魚小妹好可愛呀！」

蝴蝶姑娘臉頰通紅的笑著說。她的髮絲迎風飄揚，看起來就像翩然飛舞的蝴蝶。

感情好好啊！原來大家以前曾經這樣一起玩耍。

可是，畫面突然變了。

蝴蝶姑娘的表情痛苦扭曲，拖著蹣跚的腳步，搖搖晃晃的走向其他家守神，他們憂心忡忡看著她，阿藤小姐握住蝴蝶姑娘的手，悲傷的說：「蝴蝶，我們還是找不到妳的碎片。」

這是蝴蝶姑娘的壺嘴缺了一角之後的影像。

「救救我，阿藤姐姐，救救我。」

蝴蝶姑娘嘶啞的說。

「嗯，放心，我一定會救妳。」

阿藤小姐抱緊蝴蝶姑娘。

「好痛苦……好痛苦……啊……啊啊啊啊啊……」

畫面中的蝴蝶姑娘大聲尖叫，叫聲震動了天花板的蜘蛛絲。

「蝴蝶，妳已經被邪氣侵蝕了，不過還不能放棄，千萬不要迷失自己。」

「蝴蝶姑娘，妳也是佐伯家的『家守神』，千萬別忘了這點！」

鶴吉先生和龜吉先生大聲吶喊。

蜘蛛網的畫面閃爍了一下，影像消失了。

然後又慢慢浮現出另一個場景。

「蝴蝶，妳很痛苦吧？但還是要記得保持笑容！這樣就一定能趕走邪氣。」

阿藤小姐將如今已不復見的右手，搭在蝴蝶姑娘的肩膀上。

「蝴蝶姐姐，過來，來我這裡。」

金魚小妹將蝴蝶姑娘帶進倉庫，而且是葛籠的方向，蝴蝶姑娘一臉難受的跟上去。

枕屏風就擺在葛籠前，兩人繞到屏風後，屏風描繪著四朵雲，跟相簿的照片一樣。

「就是這裡，進來吧！阿藤姐姐說只要笑著玩耍，就能驅除邪氣。我去叫龜大哥來，等他來了，我們一起嚇他，他一定會嚇得跌坐在地上，我們再好好笑他。」

「好啊！」

蝴蝶姑娘鑽進葛籠，金魚小妹咬緊下唇，一臉壯士斷腕的悲痛表情，這時，鶴吉先生、阿藤小姐，還有手裡拿著茶壺的龜吉先生偷偷溜了進來，龜吉先生迅速將茶壺放進葛籠，一口氣蓋上蓋子。

「你……你們要做什麼？」

蝴蝶姑娘的叫聲迴盪在倉庫裡。

「蝴蝶，原諒我們！」

「不要這樣！好可怕……放我出去！」

這是蝴蝶姑娘被封印在葛籠裡的那一刻，她是被騙進葛籠的。

「放我出去！」

蝴蝶姑娘的手試圖從葛籠伸出來。

「蝴蝶……睡吧！好好睡一覺，直到邪氣歸於平靜的那天為止！」

阿藤小姐突然睜大雙眼，右手變成藤蔓，縫合葛籠的蓋子，藤蔓的葉子被扯了下來，變成咖啡色。

藤蔓繞葛籠一圈後，阿藤小姐狠下心將藤蔓從自己的身上扯斷。

蝴蝶姑娘似乎無法穿過葛籠，整個葛籠搖晃作響。

龜吉先生拚命壓住葛籠的蓋子。

漸漸的，葛籠終於沒了動靜。

「這樣就好了，這樣就沒事了……」

阿藤小姐喃喃低語，和服右邊的袖子無力下垂，另外三位家守神默默走向阿藤小姐，圍在她身邊。

蜘蛛網的影像消失了。

原來如此，阿藤小姐是在那個時候失去了右手臂。

「哼！阿藤不惜扯斷自己的手臂也要封印我呢！」

一旁的蝴蝶姑娘不屑的說。

「我從沉睡中醒來後，一直詛咒著他們！我想要報仇，最好的方式就是毀掉佐伯家，不過，這幾天觀察下來，我明白了，讓你陷於水深火熱之中，就是對他們最好的報復。」

詛咒？報仇？蝴蝶姑娘說出這幾個字之前都會先閉上嘴巴，然後再張開血盆大口，是為了吐出鱗粉嗎？

（快住手！）

我發不出聲音。

（別這樣，來人呀！快來人呀！）

砰！砰！砰！

這時，房裡某個角落發出聲音。

蝴蝶姑娘愣了一下回頭看。

房間太暗了，什麼也看不見，但肯定是書桌的相框倒下來，玻璃破碎的聲音。

喀嚓喀嚓！這次是其他聲音。

「怎麼回事？」

蝴蝶姑娘嚇得不知所措，有個白色的東西朝她飛去。

「哇啊！」

是「紙」。紙張以迅雷不及掩耳的速度飛向蝴蝶姑娘的臉，掉在地板上，另一張紙也飛了過來，切斷纏住我手腕的蜘蛛絲。

「啊啊啊！」

總算能發出聲音了，我從床上跳起來，剛才還在我旁邊的蝴蝶姑娘已經不見人影，天花板的蜘蛛網和蜘蛛也消失了。

呼……呼……

是做夢嗎？不對，不是做夢，這是現實。

天亮了，晨光從窗簾的縫隙透進來，照亮了掉在床上的紙。

「爸爸。」

那是放在書桌上的照片，是爸爸的照片切斷了蜘蛛絲。

我頭昏眼花的下床，撿起掉在地上的紙。

「媽媽、父親。」

我收在抽屜裡的照片攻擊了蝴蝶姑娘。

是爸爸、媽媽還有父親救了我嗎？

「我們時時刻刻都惦記著拓！即使分隔兩地，心也在一起！」

我想起媽媽寫的信，沒錯，就如同信中所說，媽媽一直惦記著我。

今天又會發生什麼事呢？真想逃走，但是不行，必須確認蝴蝶姑娘給我看的影像是不是真的，向家守神們問出事情的真相。

媽媽和父親、爸爸一定會保護我，我把相框的玻璃碎片丟進垃圾桶，將兩張照片並排放在桌上。

第7章 爺爺的計畫

一大早，我在盥洗室洗完臉，走進客廳，爺爺正獨自吃著早餐，他看到我後「啪！」的放下筷子。

「早、早安，奶奶呢？」

「還在睡，她好像很不舒服的樣子，早飯簡單吃好嗎？」

奶奶昨天明明也很不舒服，但還是起來了，難道今天的情況比昨天更糟嗎？

「生病了嗎？」

但願蝴蝶姑娘沒有動什麼手腳。

「不知道，我晚一點會帶她去看醫生，都已經這麼忙了，真是會製造麻煩的傢伙。」爺爺不悅的說。

他收好自己已經吃完的碗筷，把我的早飯放在桌上。配菜只有生蛋、納豆和醬菜，另一邊的桌上放著打開的電腦。

「我要開動了。」

才剛坐下來準備吃飯，突然想喝牛奶，於是又站起來走向廚房。回來時看到電腦螢幕顯示著一張設計圖，或許是爺爺要蓋的大樓。

「對了，雄一他們又傳照片來了。」

爺爺用電腦打開另一個視窗，讓我看媽媽和父親的照片。

那是在巴黎教堂舉行的婚禮，還有在艾菲爾鐵塔前拍的合照。

「媽媽、父親，謝謝你們救了我。」我在心裡向照片中的媽媽和父親道謝。

我想拜託爺爺把照片印出來，但爺爺的心情實在太差了，我不敢開口。

「真想讓拓也親眼看看艾菲爾鐵塔和凱旋門，希望有朝一日能再和拓一起來，我們明天要去羅浮宮美術館。」

吃飽飯後，我向爺爺借了電腦，打算回信給媽媽，但我不敢寫佐伯家現在正陷入大麻煩的事。

「父親、媽媽，我已經完全恢復健康了，可以的話，我想要畢卡索的畫當作禮物。」

好，傳送！

看到美術館這幾個字，我突然想起在美術教科書上看過畢卡索的〈格爾尼卡〉。人臉和身體奇形怪狀，乍看之下是很詭異的畫，其實帶有批判戰爭的寓意——教科書上是這麼說的。

當然，我知道他們不可能買畢卡索的畫給我，我只是在開玩笑。

意思是希望他們玩得開心，禮物不重要。

過了一會兒，奶奶拖著腳步緩緩的走進客廳。

「奶奶，您可以下床嗎？」

「我只是有點累。」

說是這麼說，但奶奶的氣色比昨天還差，爺爺看了奶奶一眼，一臉「真拿妳沒辦法」的皺著眉頭。儘管如此，他還是打電話叫計程車，帶奶奶去看醫生。

這麼一來，暫時不用擔心奶奶的身體了，同時，我也得到跟家守神促膝長談的好機會。

我打定主意，走進和室，裡頭依然鴉雀無聲。

「各位。」

我呼喚他們，家守神們終於陸續現身。

平常總是一下子就化為人形，今天早上卻像拖著沉重的身體（雖然我不清楚他們是不是有重量），動作慢吞吞的，表情也很陰沉。

我將蝴蝶姑娘趁我睡覺時出現在我床邊，還有讓我看的畫面一五一十的告訴他們。

「這樣啊……小少爺看到的一切都是事實。」

龜吉先生垂頭喪氣的說。龜吉先生化為人形時經常像這樣轉動脖子，明明是人類的模樣，行為舉止卻還是有點像烏龜。

「你怎麼想？你也認為我們封印蝴蝶很無情吧！」

阿藤小姐問我，我無法回答。

昨天出現在庭院和床邊的蝴蝶姑娘很可怕，但是她給我看的那些畫面中，被關進葛籠的蝴蝶姑娘也很可憐，但我認為在場的這四個人肯定比我感受更深。

我無法草率的安慰他們，眼睛望向阿藤小姐缺少的右手臂。

「那個……阿藤小姐的手……不對，阿藤小姐的手臂……」

我想起阿藤小姐變成藤蔓的手臂！縫合了囚禁蝴蝶姑娘的葛籠。

「因為我們付喪神能穿過物體嘛，為了徹底封印，必須付出一隻手臂的代價。」

不惜犧牲自己的身體……應該是為了要保護蝴蝶姑娘而封印她的吧？但已經不能再糾結這個問題了。

我提出之前百思不解的疑問：「這個家的人都因為蝴蝶姑娘變得很奇怪……但是為什麼我沒有受到影響呢？」

要是在不知不覺的情況下被影響就完了。

鶴吉先生回答我：「你進入倉庫後，身體不也出現了異狀嗎？大概是蝴蝶鱗粉搞的鬼，你和我們說話的時候，頭應該很痛才對，最後是金魚幫你消除疼痛，你不記得了嗎？」

「啊，這麼說來……」

當時金魚小妹把手貼在我的額頭上，我覺得涼涼的很舒服，頭痛就消失了。

「那是金魚小妹的力量啊？」

「與其說是金魚，不如說是描繪我們的畫師——信山勘兵衛的能力。紅色具有消災解厄的力量，江戶時代為了驅除瘟疫或疾病，很流行稱為『赤繪』的木菟（頭上長著有如豎起耳朵般羽毛的貓頭鷹）和武將的畫，勘兵衛也畫了幾張，聽說很有效。」

也就是說，金魚小妹體內也有勘兵衛畫的「紅色之力」，不僅治好我的頭痛，還能防止蝴蝶姑娘的邪氣入侵我的身體。

「多虧了金魚小妹呢！謝謝妳。」

金魚小妹害羞的笑，似乎很高興自己現在還能使出赤繪的能力。

「不能把這股力量用在爺爺奶奶身上嗎？」

金魚小妹聽到這裡，突然變得很沮喪。

「我趁宏子他們睡著時，偷偷溜進房間裡試過了，沒有用。」

「能看見我們的你果然很特別。」

是這樣嗎？可是話說回來，到底為什麼我看得見家守神呢？這簡直是本世紀最大的謎團，大家知道原因嗎？

這時，玄關傳來開門聲。

「我們回來了。」

是爺爺奶奶，我站起來的同時，家守神也全部回到自己的本體。

我連忙拉開紙門，走向玄關。

「歡迎回來，醫生怎麼說？」

「醫生說可能是中暑了，也開了藥，所以已經不要緊了。」

話雖如此，奶奶的臉色卻比剛才更蒼白。

「真是大驚小怪的傢伙，我要出門了。」

爺爺明明是擔心奶奶的身體才帶她去看醫生，這句話說得也太難聽了。奶奶彷彿被爺爺擊中痛處，緊緊閉上雙眼，把臉別開。

爺爺出門後，我陪著滿臉憔悴的奶奶，一起走到後面的房間，然後又回和室，四位家守神立刻現身。

「該怎麼辦才好？」

狀況越來越糟了。

「問題堆積如山，宏子的身體實在太令人擔心了……對了，你去煮稀飯。」

阿藤小姐的命令讓我一時半刻反應不過來。

什麼？煮稀飯？我嗎？

「我沒煮過稀飯。」

「別說這種沒出息的話，快過來，跟我去廚房。」

阿藤小姐站起來，穿過紙門。我連忙打開紙門跟上去，但半透明的和服身影一下子就通過簷廊不見了，我打開門，走進廚房，藤子小姐已經在流理臺前等我。

話說回來，我根本不曉得米放在哪裡，但我仍然在藤子小姐的指示下開始煮稀飯。

「哎呀！溢出來了，把火轉小一點！」

如此這般，我就在藤子小姐嚴格的指示下，總算煮好一鍋看似稀飯的東西。

「這東西好吃嗎……」

我低頭看著眼前黏稠的物體，自言自語。

阿藤小姐目光凌厲盯著沒把握的我，好像是要說「你只能做出這樣的東西嗎？」

我不禁進入緊張狀態，沒想到……

「以第一次做來說，算是做得很好了。」

咦？真是令我受寵若驚。

「重點在於『心意』，你的心意一定能讓宏子好起來。」

我的心意……？雖然不是很明白她的意思，但我還是把煮好的稀飯放在托盤上，端到奶奶的房間。

「奶奶，我可以進去嗎？」

「小拓啊，請進。」

躺在床上的奶奶慢慢坐起來，看到我放在床邊的稀飯，笑瞇了眼。

「啊，好好吃。小拓，謝謝你。」

奶奶每吃一口稀飯就眉開眼笑的說，好久沒看到奶奶的笑容了。

先不管我的心意有沒有效，奶奶吃完稀飯後，看起來似乎真的輕鬆了點。

我陪著稍微恢復精神的奶奶坐在客廳，過沒多久，玄關傳來開門的聲音，爺爺回來了，奶奶露出不滿的表情，對一聲不吭走進客廳的爺爺說：

「我再也忍不下去了，你到底都跑去哪裡？就算是去蕎麥麵店幫忙，次數也太頻繁了。」

大概是稀飯的威力吧，奶奶氣勢洶洶的逼問爺爺。

「唔！我……」

或許是被奶奶與今天早上判若兩人的樣子嚇到，爺爺頓了一下，吞吞吐吐的說：「我原本想過一陣子再告訴你們……是這樣的，我想開一家蕎麥麵店。」

「什麼？」我和奶奶同時大聲驚呼。

我還以為爺爺出門是為了蓋大樓的事……

「你不是說你打蕎麥麵的功夫還不到家嗎？」

「有人問我要不要在商店街後面的土地蓋大樓，一樓是蕎麥麵店，二樓以上規劃成給老人使用的設施，建設也需要時間，所以只要利用這段時間繼續學習，應該來得及吧！」

啊……果然。

「我有沒有聽錯啊？這麼重要的事，你居然一個人擅自決定！」

「那是我的土地，由我決定有什麼不對？」

我之前已經聽家守神說過蓋大樓的事……這對奶奶來說，無疑是晴天霹靂。

「雄一結婚的時候，不是討論過要改建這棟房子嗎？當時有一家幫忙估價和設計的公司，問我要不要興建專門給老人家使用的設施，畢竟這個鎮上的老人越來越多了。」

我只能靜靜的聽。

「你還打算借錢對吧……」

奶奶癱軟趴在桌上。

「奶奶！」

奶奶好像要昏倒了！我不能再沉默下去。

「爺爺，這件事太可疑了，您別太衝動！」

我努力的想讓爺爺清醒過來。

「你突然沒頭沒腦的說什麼？」

爺爺驚訝的瞪著我。

「爺爺，您被騙了！」

「你這孩子……」

爺爺的嘴脣不停顫抖，臉色越來越難看，我彷彿在爺爺臉上看見蝴蝶姑娘猙獰的表情。

我全身緊繃，身體無法動彈。

「大人的事輪不到小孩子多嘴，是不是妳對他說了什麼？」

一旁的奶奶萬般無奈的搖頭。

「都是我害的，我不小心把封印在倉庫裡的壞東西放出來了，沒想到事情會變得這麼嚴重。」

我邊發抖邊說，爺爺握緊拳頭，狠狠瞪著我。

我會挨揍嗎？感覺心臟揪成一團，好害怕。

「你在胡說八道什麼！你才來這個家沒多久，懂什麼！」

「老伴！」

奶奶打斷爺爺，攬住我的肩膀。

怎麼會這樣……我只是想守護這個家。如果繼續待在這裡，我一定會哭出來，再不然就是大吼大叫。

我推開奶奶的手，衝出家門。

第8章

風花的護身符

哈……哈……

四周的景色以扭曲的姿態掠過我眼前。

回過神來，我已經走在壽商店街上，因為才剛搬來沒多久，我對榮町還很陌生，所以雙腳只能選擇上學的路。

結業式後回家的路上，我在這裡遇見鶴吉先生他們時，嚇了一大跳呢！金魚小妹當時看起來好開心啊！剛搬來的時候，經常在這裡看到站在古董店前的付喪神，最近都沒看到了，大概是被買走，去了別的地方。她也會成為某戶人家的家守神嗎？唆使爺爺蓋大樓的公司在這條商店街上嗎？

我明明逃離了那個家，卻滿腦子都是家守神和佐伯家的事。

這時，克拉拉美容院的招牌映入眼簾。風花……對了，我還沒借助她的力量。

叮噹叮噹！

美容院的門剛好打開，有個男生走出來。仔細一看，原來是平井。

「咦，這不是小拓嗎？」

看到平井舉起手朝我微笑的臉，突然一陣安心……不妙，我快哭出來了。

「嗯……你剪頭髮啦？」

「對呀，我都是請風花的媽媽幫我剪頭髮。如何？是不是帥過頭啦？」

平井還是老樣子，講著無聊的笑話。

這時，門鈴再度響起，這次是風花跑出來。

「小新！咦，小拓也在！我剛剛才聽媽媽說小新來了，這不是正好嗎？我們一起去小拓家玩吧！」

嗯，爺爺正在氣頭上，今天不行。但這種事我說不出口，該怎麼辦才好？

「這麼說來，我們是有說過要去小拓家呢！」

「小新真是的，你忘啦？」

聽見兩人的對話，心情稍微平復了點。

可是，傷腦筋。能讓他們知道佐伯家現在發生的事嗎？而且我根本還沒告訴平井關於家守神的事……

就在我不知如何是好時。

「刷」的一聲，突然有隻鶴降落在我的眼前。

「鶴吉先生。」

我不禁脫口而出，鶴變成了男人，那是鶴吉先生平常的樣子，當然，風花和平井看不見他的模樣。

「你一臉世界末日的表情呢！」

啊……對面有人來了，再繼續前進會撞到鶴吉先生……我還在擔心時，男人已經穿過鶴吉先生的身體繼續往前走，感覺好詭異。

「小拓？難不成……現在有誰在那裡嗎？」

風花果然感應到鶴吉先生的存在，雖然平井也在場，但已經瞞不住了。

「嗯，鶴吉先生來了，就是結業式那天在這裡遇到的……」

「你們在說什麼？」

平井聽不懂我們的話，一個人東張西望。我不知所措的看著風花，風花點點頭。

「小拓，讓小新知道沒關係，小新，我來解釋，我們去公園吧！」

商店街的後巷沒什麼人，走進公園，風花坐在長椅的中間，先向平井解釋了佐伯家的付喪神（家守神），我再接著說明佐伯家目前發生的事。不曉得平井會有何感想，我的心情忐忑不安，沒想到平井卻意外平靜的聽我們說話。鶴吉先生站在長椅後方，抬頭看著百日紅。

「所以，為了鎮壓那位蝴蝶姑娘，也就是遭到邪氣入侵的付喪神，必須找到茶壺才行。」

「嗯，但是光找到還不夠，還要把她的碎片黏回去，雖然不確定這麼做是不是能讓蝴蝶姑娘恢復原狀……」

這時，原本默不作聲的平井突然說：

「唉，真是夠了！在這裡討論半天也沒用吧？快點去小拓家，之後再想辦法！」

我、風花還有鶴吉先生，都目瞪口呆的看著平井。

「可是，平井……你相信我說的話嗎？」

「這是什麼蠢問題！風花雖然看不見，但是她感應到那個付喪神了不是嗎？而且我雖然不像風花有那種力量，但聽起來你們家出了大麻煩！」

原來如此……平井早就知道風花具有能感應到「看不見的存在」的力量。聽到這裡，鶴吉先生驚訝的說：

「拓，你的朋友都好有趣！」

有趣……？嗯，雖然我不太理解他的意思，但鶴吉先生該不會在看好戲吧？不過他們兩個確實很奇怪就是了。別的不說，光是他們願意相信我就夠神奇的。

「嗯，小新說的沒錯，去小拓家吧！」

風花從長椅上站起來，一副隨時都要衝向佐伯家的氣勢。

「等一下，先冷靜點！我其實很苦惱，萬一你們來我家也發生危險就糟了……」

「說的也是，可是鶴吉先生他們是家守神吧？小拓家百年來都受到家守神的庇佑，我相信那些家守神的力量，小拓也得相信才行。」

「話是這麼說沒錯啦！」

我幾乎快被風花說服了，可是帶他們回家真的不要緊嗎？正當我舉棋不定的時候……

「糟了！已經這麼晚了，今天不能去了。」

平井看了一眼公園的時鐘，慌張的站起來。

「咦……咦？」

為什麼？剛才的氣勢上哪兒去了？

平井淡定的看著我。

「都怪你們話太多了，我等一下要去補習，明天再去你家。」

「唔……」

鶴吉先生低著頭，身體顫抖著，他該不會是在憋笑吧？

「那孩子說的沒錯。拓，就快要進入『薄暮時分』了，所以還是請他們明天再來吧！」

「薄暮時分？」

我反問鶴吉先生，風花抬頭仰望天空。

「啊，真的呢！快到薄暮時分了。拓，傍晚也稱為『薄暮時分』，到了傍晚，天色漸暗時，人的臉會看不清楚，就像籠罩在一層薄薄的暮色裡，所以又叫『薄暮時分』，也是妖怪容易出沒的時段。」

有道理，這時公園開始亮起路燈，西邊的天空也變成橘色。

「原來如此，鶴吉先生也表示已經到了薄暮時分，照平井說的明天再約吧！」

而且我一時衝動奪門而出，再帶朋友回去也很尷尬。

「既然家守神都這麼說了，最好乖乖聽話，小拓，這個給你帶在身上。」

風花從口袋掏出護身符給我，上頭繡著尖尖的葉子和「守」的字樣，是手工做的護身符。

「這是過世的奶奶親手做給我的護身符，奶奶好像發現我有特殊能力，她說柊樹的葉子可以趨吉避凶，一定也能保護小拓！」

「這樣啊，謝謝妳。」

鶴吉先生一直注視著我們。

「那就明天見啦！」

我們再次回到壽商店街，平井去補習，風花回克拉拉美容院，三人原地解散。

「拓。」

剩下我和鶴吉先生，鶴吉先生突然叫住我。

「什麼事？」

鶴吉先生的嘴角微微上揚（看不太出來，但好像是在微笑），低頭看著我。

「拓，你以前幫我們阻止佐伯家改建時，我就覺得你說不定能拯救長年以來被封印在倉庫裡的蝴蝶。你果然具有不可思議的力量，不只是能看見我們而已，還有某種……特別的能力。」

「有嗎？」

我光是想到可怕的蝴蝶姑娘，還有爺爺生氣的臉就覺得頭皮發麻。

走出商店街，經過住宅區，沒多久，佐伯家的圍籬映入眼簾。

咦……奶奶正在門口東張西望。

「小拓！」

奶奶看到我，立刻朝我跑來。

她明明很不舒服還用跑的，真是太危險了。

果然，一跑到我面前，奶奶就雙手撐膝，喘得上氣不接下氣。

「你平安回來真是太好了，我還在想你對這一帶不熟，萬一迷路可怎麼辦才好……」

「奶奶，對不起，讓您擔心了……」

「別這麼說，多虧小拓煮的稀飯，我現在可有精神了。」

真的！奶奶的氣色比今天早上好多了。

「爺爺呢？」

「還在使性子，跑去蕎麥麵店打工了，小拓說的沒錯，你爺爺最近很不對勁。」

「啊……」

有隻鶴張開翅膀，飛向空中。

「什麼？」

奶奶看不見鶴，可是我仍和奶奶並肩仰望天空好一會兒，鶴在佐伯家的上空盤旋，之後輕盈的降落在庭院裡。

那天晚上，我把風花給我的護身符放在枕邊，沉沉睡去。

第二天，吃完早飯後，爺爺奶奶又為了土地的事吵得不可開交。

「總而言之，你先不要簽約！」

奶奶懇求正要出門的爺爺，但是得不到爺爺的回應，奶奶嘆著氣，回到客廳。

唉……這個家會變得怎麼樣呢？鶴吉先生雖然說「你很特別」，但我什麼忙也幫不上……我想跟家守神們討論，但奶奶大概馬上就要開始打掃房間了。

就在我心想「去看看他們的樣子也好」時，門鈴響起。

我剛好就在玄關附近，所以朝著對講機應了一聲「來了」。

「早安！我是小拓的同學平井！」

莫名宏亮的大嗓門隔著對講機傳來。

「咦？稍等一下。」

我連忙打開玄關門，平井和背著背包的風花，兩手空空的站在大門口。

「我們來了。」

平井不客氣的踏進庭院，風花立刻摘下眼鏡，提高警覺環顧四周。

「你們居然知道我家的地址。」

我原本打算等他們打電話給我，約在壽商店街碰面，再去接他們過來，所以嚇了一跳。

「是壽商店街的情報網！我問媽媽，她馬上就告訴我了。」

奶奶前來玄關迎接他們，看到風花，眉開眼笑的跟她打招呼。

「小拓的朋友原來就是克拉拉的小姐啊！歡迎妳來。」

對了，奶奶是克拉拉美容院的常客。

「您好，我叫平井新之介，想跟小拓一起寫功課，所以來打擾。」

聽到平井若有其事的問好，奶奶並未發現平井根本什麼也沒帶（也就是沒有要寫功課的打算），笑容滿面的說：「請進請進。」

奶奶將他們接進客廳，可是我們沒有要待在客廳。

「可以去和室嗎？」

我朝和室的方向看了一眼，平井和風花也「嗯、嗯」的猛點頭。

「和室？」

奶奶不解的側著頭，因為平常不會讓小學生去和室。

這時，風花一馬當先的站出來解釋。

「我喜歡畫畫，聽小拓說，和室掛的畫軸畫了很可愛的金魚，可以讓我看一下嗎？」

她那有禮貌的樣子似乎讓奶奶十分喜愛。

「可是我還沒有打掃和室。」

「不礙事、不礙事，我晚點再用吸塵器清理。」

「那我等一下拿冰涼的果汁給你們喝。」

「我們自己去拿就好了。」

雖然一切都有點混亂，幸好還是說服了奶奶，我放下心中的大石頭，帶他們進入和室。為了通風，和室出入口的紙門和通往庭院的落地窗都開著，風花摘下眼鏡，在屋子裡走來走去，認真觀察，今天她的眼鏡繫著鍊子，可以掛在脖子上，準備得還真周到。

「是這個吧？」

一踏進和室，風花就看著掛軸和花瓶，走到紙門前。

「哇，我好喜歡這種房子，有一股令人懷念的味道。」

平井在和室裡左顧右盼。

「因為小新住在大樓裡嘛，難得有機會參觀和室吧？」

從廚房端來果汁後，風花把背包放在腳邊，面向壁龕和紙門，坐在沙發上，平井坐在簷廊，雙腳放鬆的朝向庭院。

「哦，阿里嘎多！請放在這裡。」

「什麼？」

「我的意思是說，很謝謝你（阿里嘎多是日文「謝謝」的諧音）。你連搞笑的天分也沒有嗎？」

我很佩服平井，在這瀰漫著邪氣的家裡還說得出笑話，我將果汁的托盤放在簷廊上。

「對了，要小心庭院！」

「你是指昨天提到的茶壺付喪神嗎？」

「因為上次是在庭院出現，不過晚上也曾經出現在我的房間，只要是這個家裡，從哪裡冒出來都不奇怪。」

「言歸正傳，先請家守神出來吧！」

真不愧是妖怪迷，風花居然撇下蝴蝶姑娘，一心只想著先見到家守神。

「可是今天奶奶在家，無法讓他們變成人類也看得到的樣子。」

只要拿我或媽媽的衣服披在花瓶或掛軸上，就能讓風花也看見他們，可是天曉得奶奶什麼時候會進來，太危險了。

「沒問題、沒問題，感覺得到就行了。」

「嗯，那大家出來吧！」

我朝壁龕和紙門說。

於是……

藤蔓從花瓶伸出來，變成人形的阿藤小姐在風花對面坐下；畫軸描繪的水濺起水花，金魚從畫裡跳出來，變成金魚小妹；鶴的圖案從紙門上消失，變成鶴吉先生，當然，只有我看得見他們三個。

風花仔細觀察四周，站起來走到壁龕前。

「畫中的金魚消失了，藤花跟鶴也是。」

紙門只剩烏龜的圖案。

「真的，這裡直到剛才都還有圖案。」

平井也站起來，從簷廊望向壁龕。

「也就是說，付喪神已經跑出來了？風花，妳有感覺到嗎？」

「有，很明顯。」

風花伸出手緩緩走向鶴吉先生，可是她的手和身體都直接穿過鶴吉先生。

「是結業式那天出現在壽商店街的那些人吧？啊！我好想親眼見

見他們、跟他們說話！可是，我會忍耐！因為今天的目的是找出蝴蝶姑娘的茶壺。」

她似乎是在自我勉勵。

「所以呢？有什麼邪惡的氣息嗎？」

「沒有，和室並沒有不對勁的感覺，這個家太大了，可能躲在別的地方。」

要是奶奶出去買東西，就能讓她檢查其他房間了。

「再等一下吧，或許對方會主動露出馬腳……對了，我後來回想在商店街遇到的那些人，把他們畫下來了。」

風花重新戴好眼鏡，從背包拿出素描本。

咦？我有不祥的預感……風花常常在筆記本上畫一些陰森森的妖怪插圖，大家因此對她敬而遠之，難不成她是用那種筆觸來畫？

我提心吊膽的望向放在桌上的素描本。

「哇！」

風花把阿藤小姐、金魚小妹和鶴吉先生畫得栩栩如生、維妙維肖，顏色五彩繽紛，並非她平常畫的黑漆漆妖怪。而且大家都被美化了，金魚小妹好可愛，鶴吉先生也很帥，阿藤小姐的神情雖然還是很凶，卻美得像女明星。

「我瞧瞧，畫得還不錯嘛！」

「還可以。」

「嘿嘿！她把我畫得好可愛，雖然我不太喜歡這身衣服。」

阿藤小姐一臉沾沾自喜的模樣，鶴吉先生雖然口是心非，仍忍不住面露微笑，姑且不論金魚小妹不滿意衣服，但看得出來她也很高興。

等等，她批評的是我的衣服……

真是冷不防。

「我也想成為畫中人。」

聽見聲音的同時，烏龜從紙門爬出來。

「哇，是烏龜！」

烏龜隨即變成人類，風花當然不用說，連平井也目瞪口呆的從簷廊盯著龜吉先生。

「這、這位是龜吉先生。」

終於讓他們見面了。

「妳畫得很好呢！」

龜吉先生笑著對風花說。

「我聽小拓說過，龜吉先生是可以被看見的。」

風花眉開眼笑、目不轉睛的看著龜吉先生。

「剛、剛才……他是從紙門跑出來的嗎？」

平井不敢置信的張大嘴巴，即使早有心理準備，但真的看到龜吉先生出現在眼前，果然還是會出現這種反應吧！

「鶴吉說的沒錯，這孩子確實不容小覷。」

因為被畫得很漂亮，阿藤小姐完全隱藏不了她的喜悅，要是反過來，我猜她一定會氣得怒髮衝冠，我簡直想向風花道謝了。

再看一次風花的畫，我突然想起一件事。以前還沒有照相機的時代，應該都是用肖像畫代替照片，繪畫與照片具有相同的「力量」。

媽媽和父親，還有爸爸前幾天救了我，也是因為那股力量，就像金魚小妹治好我的頭痛，「家守神」繼承畫師勘兵衛筆下的能力，風花的畫該不會也有相同的力量？

我從阿藤小姐的花瓶中，倒出蝴蝶姑娘的壺嘴碎片。就算找到茶壺，把碎片黏回去，也沒有人能保證蝴蝶姑娘可以恢復原狀，我的內心充滿不安。

不過，大概是因為看了風花的畫作，「繪畫的力量」這句話便一直縈繞在我的腦子裡，揮之不去。

第9章 家守神的煩惱

「咦……？」風花摘下眼鏡，看著庭院。

她的視線前方，是奄奄一息的玫瑰花。

看樣子妖怪迷的血液開始騷動了，她剛才明明還說「再等一下吧」，如今卻把眼鏡掛在脖子上，迫不及待走出和室，從玄關繞進庭院。

我將蝴蝶姑娘的碎片放入口袋，與平井一起追了出去。風花慢條斯理的走在庭院中，似乎在尋找氣息。

突然間，她的兩眼發直，盯著奄奄一息的玫瑰花叢後方及水井，表情非常嚴肅。

「這口水井……散發出不尋常的氣息。」

風花皺著眉頭，喃喃自語。

「還好嗎？」

就在平井一臉擔心風花的時候。

突然颳起一陣風，百日紅的花瓣在周圍捲成漩渦，四周的樹葉也都被風吹落了。

「你們看！水井的蓋子！」

風花一邊大聲喊叫，一邊離開水井，水井的蓋子慢慢掀開。

「啊……」

我愣在原地，無法動彈。

蝴蝶姑娘從井裡爬出來，有如烏鴉般的黑髮披散著。

「小拓，你是不是看到什麼了……」

「是蝴蝶姑娘。」

「那裡有邪惡的付喪神嗎？」

我抓住他們的手，要是他們像金魚小妹那樣被帶走就糟了。

好害怕、好想逃，可是雙腳動彈不得。

「居然敢說我邪惡！是誰害我變成這樣的？」

蝴蝶姑娘張開血盆大口，不妙，她好像要吐鱗粉了。

就在這個時候，和室伸出藤蔓，藤蔓轉眼間變成阿藤小姐，站在我們面前。

「蝴蝶，不准妳傷害他們。」

阿藤小姐明明是半透明的，我卻忍不住想抓住她的和服腰帶。噴在阿藤小姐身上的咖啡色鱗粉都被彈開了，在空中形成漩渦。阿藤小姐現在雖然沒有實體，卻能反彈那些鱗粉。

緊接著，金魚小妹、鶴吉先生和龜吉先生也出現在庭院。

「哼！妳對我做了那種事，還好意思以我的姐姐自居，自以為了不起的命令我？呵呵……哈哈哈……」

蝴蝶姑娘的笑聲響徹庭院，令人毛骨悚然。

「蝴蝶姐姐，快住手！我很愛姐姐。」

金魚小妹上次才被蝴蝶姑娘抓住，卻還是無法討厭蝴蝶姑娘。

「事到如今還有什麼好說！你們讓我在陰暗又狹窄的葛籠沉睡了幾十年，一切都已經不可能再回到最初了！」

蝴蝶姑娘發出淒厲的嘶吼，表情好嚇人……可是不知道為什麼，她看起來十分悲傷。

「蝴蝶姑娘！」

我忍不住放聲大喊。

「阿藤小姐一直對把妳封印在葛籠的事感到非常痛苦。」

因為只有那麼做才能保護佐伯家。

「想起來吧！蝴蝶姑娘也是佐伯家的『家守神』不是嗎？」

「吵死了！這個家毀滅也只是遲早的事，再來就是對你們的復仇了！我要帶走你們當成心肝寶貝的這個小子！」

蝴蝶姑娘命令手中的蜘蛛吐絲，纏住我的手腕，以巨大的力氣把我拉過去。

「哇啊——！」

「拓！」

我……我掉進井裡了。

過了多久呢？

唔唔……這裡是……？我想起來了，這裡是井底。

我昏過去了嗎？等一下，我還活著？

好暗，暗到什麼都看不見，只知道我坐在地上，這裡大概是水井的底部吧！總之，我先慢慢站起來，小心翼翼的伸出手，可是什麼也沒摸到。好奇怪，水井沒那麼大，手伸出去應該會碰到牆壁才對。

「你醒啦！」

是蝴蝶姑娘的聲音。

「這口井也因為腐朽被放著不管，就跟我一樣。」

這裡果然是井底。既然如此，只要大聲求救，應該就能讓庭院的人聽見。

「各位！我在這裡！喂——！」

喂……喂喂喂喂……

聲音好像撞到什麼東西，從四面八方彈回來，消失了。

「救命啊！誰來救救我！」

風花和平井怎麼樣了？他們沒事吧？

「沒用的，誰也聽不見你的聲音。你也跟我一樣，要在『這裡』沉睡幾十年。」

嗚嗚，全身的寒毛都豎起來了。

不可以，不可以這麼軟弱。

「不可能，他們是保護了這個家一百年的『家守神』，一定會來救我。」

蝴蝴姑娘放聲大笑，打斷我說的話。

「什麼『家守神』！他們連我這個過去的同伴都救不了，那些傢伙根本沒有拯救心愛之物的能力！」

「心愛之物？」

我似乎能感受到蝴蝶姑娘的怨恨……不，更多的是深切的悲傷。這也難怪，這個人也曾深信不疑，深信伙伴們……自己的心愛之物會來救她。

不只家守神，我腦中浮現其他人的臉，媽媽、父親、爺爺、奶奶、風花和平井。

那些我最喜歡的人們……

現在，得趕快想點辦法才行！

——我覺得你說不定能拯救長久以來被封印在倉庫裡的蝴蝶。

等一下！這麼說來，奶奶說過「那口井已經封掉了，沒有洞」……

我鼓起勇氣，從口袋拿出風花給我的護身符，用力握緊。以指尖撫摸柊樹的刺繡時，手指碰到蝴蝶姑娘的壺嘴碎片。

「蝴蝶姑娘，這裡不是井底吧？」

「你說什麼？」

一陣恐懼襲來，我再次回想大家的笑臉。吃著奶奶做的飯、相視微笑的家人；被平井的冷笑話逗得開心的風花，以及因此靦腆笑著的平井；看到風花畫筆下的自己，感到很滿意的阿藤小姐、金魚小妹和鶴吉先生；以及笑著喊我「小少爺」的龜吉先生。

「妳施了什麼法術，讓我以為自己掉進井裡吧？」

一旦畏縮，就無法前進。

「你就不要再逞強了……」

「如果在井底，旁邊應該就是牆壁，而且佐伯家的水井應該已經封住了，妳騙不過我的！」

「哼！就算是這樣，你又能奈我何？」

我不知道接下來會發生什麼事，但也只能且戰且走。

我往前踏出一步。

——跟我一樣，在「這裡」沉睡幾十年……

跟蝴蝶姑娘一樣？我懂了，「這裡」是指倉庫！

再跨一步，兩步、三步，我感覺周圍的空氣扭曲變形，好像摸到什麼淤積的東西。

上吧！我一口氣衝破屏障。

「哇啊！」

碰！好像撞到什麼東西，原來是倉庫的門。

「站住！」

蝴蝶姑娘在我身後吶喊，我沒有餘力回頭。用盡全身的力氣將倉庫門往外推，四周瞬間亮了起來，我就這樣衝了出去。

「拓！」

耳邊傳來大家的聲音，平井跑過來。

「平、平井！」

「我還以為你消失在井裡了，原來你在倉庫！」

回頭一看，剛才衝出來的地方果然是倉庫。

「小拓被拖進井裡之後，我們打開蓋子查看，發現水井早就封住了……幸好你平安無事。」

風花鏡片後面的雙眼閃著淚光。

能再次見到風花和平井，真是太好了。

「風花，謝謝妳。」

「咦？謝我什麼？」

我張開握得死緊的手給她看，護身符上的柊樹刺繡綻線了。

是風花的護身符帶給我勇氣。

「小拓，先別管這個了，龜吉先生被困在那裡！其他人也是嗎？」

我猛然抬頭，只見四位家守神都被蜘蛛絲纏住了。

「小拓！」

金魚小妹抽抽噎噎的哭泣著。

「各位！」

我想奔向大家，但蝴蝶姑娘又從井裡現身。

她明明在倉庫裡……什麼時候跑出來的？水井和倉庫是相通的嗎？不，不可能！是蝴蝶姑娘的法術——蝴蝶姑娘的蜘蛛能讓人看到幻覺。

我隱約察覺到一件事，蝴蝶姑娘一下子從井裡冒出來，又讓大家以為我被關在井裡，好像在故意誤導我們。

——難不成是要分散我們的注意力？

「風花、平井，聽我說。」

聽到我的聲音，兩人回過頭來。

「蝴蝶姑娘的茶壺應該就在這個庭院的某處，但不在井裡！蝴蝶姑娘是故意引開我們的注意力。風花一定知道在哪裡，拜託妳，找出茶壺。」

「嗯……好！」

「在鬼鬼祟祟的說什麼！」

蝴蝶姑娘朝我們吐出鱗粉。

「風花、平井，快點！」

兩人開始搜索庭院，為了保護他們，我擋在蝴蝶姑娘面前。多虧金魚小妹的力量，鱗粉的毒性對我應該已經沒效了。

「不要妨礙我！」

擋住蝴蝶姑娘的同時，她手上的蜘蛛開始吐絲，結成蜘蛛網，將我層層包圍。

「哇啊！」

「住手，小少爺還是孩子啊！」

「那又如何！誰叫這個小鬼要一直妨礙我……」

「蝴蝶！」鶴吉先生大喊。

「蝴蝶，妳很害怕拓的力量吧？」

蝴蝶姑娘頓時露出錯愕的表情，看著鶴吉先生，咬牙切齒的說：

「少、少囉唆！」

蜘蛛絲的力道增強了，緊緊纏住我的身體。

就在這一刻。

「拓，找到了！茶壺在葛籠裡。」

耳邊傳來平井的聲音，我回頭看，風花和平井正從倉庫跑出來，風花手中……拿著茶壺。

原來在倉庫裡……原來在葛籠裡啊！

上次鶴吉先生去倉庫找過了，之所以沒找到，肯定是那個時候藏到別的地方。原來如此，誰也沒想到好不容易解除封印、離開葛籠的蝴蝶姑娘居然會回到相同的地方，蝴蝶姑娘算準我們不會去找葛籠。

「小拓，快點！快點修好茶壺！」

沒辦法，就算我想伸手接過茶壺，遭到五花大綁的身體也動不了。

「臭小孩，還給我！」

蝴蝶姑娘的蜘蛛吐出絲，纏住風花手上的茶壺，想要搶回去。不料風花伸手緊抓，茶壺突然被甩開、飛向空中。

啊！要摔破了！

千鈞一髮之際，藤蔓纏住茶壺，避免茶壺掉地摔破——是阿藤小姐救了她！阿藤小姐雖然被蜘蛛絲纏住，但還是利用僅剩的左手變成藤蔓，出手相助。藤蔓輕輕將茶壺放在地上，轉向蝴蝶姑娘。

「啊啊啊——！」

蝴蝶姑娘的尖叫聲響徹雲霄，阿藤小姐的藤蔓緊緊纏住蝴蝶姑娘，將蝴蝶姑娘拉向自己。

託阿藤小姐的福，纏住我的蜘蛛絲鬆開了。同樣擺脫蜘蛛絲的家守神們一起撲向蝴蝶姑娘，金魚小妹緊緊抱著蝴蝶姑娘不放。

「放開我！」

蝴蝶姑娘揮舞著雙手想要掙脫。

蝴蝴姑娘……

再這樣下去，不就跟以前家守神封印蝴蝶姑娘的時候沒兩樣嗎？

不能用蠻力壓制對方。

那麼，到底該怎麼做？庭院現在正處於大混戰，連平井也愣住了。

視線一隅，可以看見風花正拚命感應四周的氣息。

第10章 繪畫的力量

這時，風花突然「啊！」的叫了一聲，爬上簷廊、跑進和室，翻開剛才讓我們看的素描本，臉色凝重，不知道在確認什麼。

「果然沒錯……你看這個。」

風花又回到庭院，翻開阿藤小姐的畫給我看。

「啊……」

我嚇了一大跳，因為風花筆下的人物表情出現了變化。阿藤小姐的眼角高高吊起，露出苦不堪言的表情；金魚小妹在哭；鶴吉先生臉上滿是怒氣。

「我的畫偶爾會出現這種變化，雖然我看不見，但阿藤小姐他們現在應該很痛苦吧？」

風花看著龜吉先生，隨即在他身邊感應到其他家守神的存在，我恍然大悟。

是「繪畫的力量」！

「風花，妳快點畫蝴蝶姑娘！」

我不確定結果會如何，但值得一試。

「咦？要我畫蝴蝶姑娘？」

「嗯。」

我小聲的補上一句「盡可能畫得像阿藤小姐或金魚小妹，那樣嬌俏動人」。

「那是因為我以前在壽商店街見過阿藤小姐他們……」

但她沒看過蝴蝶姑娘，所以畫不出來嗎？

「拓！」這時，壓制蝴蝶姑娘的鶴吉先生大喊。

「你來畫。」

「我、我嗎？」

「對，小拓，你看得見吧？你來畫。」

風花聽不見鶴吉先生的聲音，卻說出同樣的話。

「我不會畫畫啦！」

「都這個節骨眼了，還能讓你打退堂鼓嗎？重點不是畫得好不好看，而是有沒有用心畫。」

等等……我為奶奶煮稀飯的時候，阿藤小姐也說過類似的話，重點在於「心意」……

我不像風花能畫得那麼傳神，而且我的畫應該也沒有勘兵衛筆下那種神奇的力量，可是……

不管了！我接過風花遞給我的素描本和鉛筆。

阿藤小姐、金魚小妹、鶴吉先生和龜吉先生都在等我動筆，就連被藤蔓抓住的蝴蝶姑娘，也露出等待的表情。

「我試試看。」

如今在我面前的蝴蝶姑娘面部扭曲、形象駭人，我回想那天晚上她讓我看的影像。

咦，蝴蝶姑娘是個什麼樣的女孩呢？

我準備動筆的時候，對蝴蝶姑娘充滿好奇。

她看起來年紀稍微比我大一點，如果是現代的話，應該是國中生吧。鶴吉先生好像說過「蝴蝶有些鑽牛角尖」，這樣的她孤零零被關了幾十年，關到內心扭曲，甚至想詛咒原本那麼喜歡的伙伴們……

（我想救她，我想救蝴蝶姑娘！）

蝴蝶姑娘已經失去剛才攻擊我們的氣勢。

淚水模糊我的視線，可是現在不能哭！我用力撐大雙眼，再次抬起頭，不顧一切的動筆。

上天保佑，別讓大家不幸，上天保佑。

風花摘下眼鏡，面向蝴蝶姑娘所在的位置。

「小拓，你剛才說蝴蝶姑娘也是『家守神』，這份心意絕對還沒有消失。雖然很微弱，但我在邪氣中感受到了。」

沒錯，蝴蝶姑娘也是「家守神」。重點不是畫得好看，而是要畫出「身為家守神的蝴蝶姑娘」。

但……我畫得就跟三歲小孩的圖沒兩樣，蝴蝶姑娘看到這個，會更生氣吧！

我抱著頭，手裡還拿著鉛筆。

「你畫得真的很醜。」

平井忍不住取笑我，我自己也

知道……可是風花卻不這麼認為。

「不要緊，拿去給蝴蝶姑娘看吧！她一定能感受到你的心意。」

是、是嗎？四位家守神都看著我，點點頭。被他們壓制的蝴蝶姑娘，則惡狠狠瞪著我。

「給我看。」

要是她大聲命令我，我可能會反過來，意氣用事的闔上素描本。

但蝴蝶姑娘不發一語，我戰戰兢兢的遞出素描本。

「不好意思，畫得很醜。」

或許會惹她生氣，或許又會因此受到攻擊。我全身緊繃的低著頭，筆下的蝴蝶姑娘映入眼簾。

「呵！」

低垂的頭上傳來笑聲。

「呵呵呵呵。」

「哈哈哈哈！」

我心驚膽跳的抬頭，眼前是家守神們相視大笑的身影，鶴吉先生原來會笑得這麼誇張啊……

「你畫的蝴蝶姐姐也太奇怪了！」金魚小妹扭動著身體說。

「這已經突破不會畫畫的境界，是一種『藝術』了。」

「不，倒也沒那麼神……咯咯咯！」

鶴吉先生和龜吉先生都被我打敗了。

「可是啊，這不是畫得很好嗎？完全呈現出蝴蝶是個心地善良、意志力堅強的孩子。」

阿藤小姐對蝴蝶姑娘投以心疼的眼神，放開綁住蝴蝶姑娘的藤蔓。

蝴蝶姑娘和阿藤小姐互相凝視彼此。

金魚小妹的手緩緩覆蓋在我的畫上，原本用鉛筆描繪的蝴蝶姑娘變成紅色。

「這不是勘兵衛的赤繪嗎？」龜吉先生的雙眼閃著淚光說道。

蝴蝶姑娘把手伸向變成紅色的畫像，當指尖碰到素描本的邊緣時，蝴蝶姑娘的表情逐漸變得柔和。

與此同時，耳邊傳來「咔啦咔啦」打開玄關門的聲音，奶奶進入庭院。

「奶、奶奶！」

視野一角看到龜吉先生變回烏龜，縮起頭和手腳，確實沒有化為人形時那麼顯眼。奶奶似乎沒有注意到烏龜，也沒有留意到庭院裡異樣的氣氛。

「我聽到外面有聲音，你們果然在這裡。小拓，我準備了點心，風花同學、平井同學，一起來吃吧！」

奶奶不疑有他的走向我們，她突然停下腳步，看著腳邊壺嘴缺了一角的茶壺——那是剛才掉在地上，沾滿鱗粉的舊茶壺。

「咦？」奶奶撿起茶壺說道。

就在這一刻，不可思議的事情發生了。蝴蝶姑娘突然消失了，不，不對，是變成蝴蝶的樣子。

蝴蝶在庭院裡翩翩飛舞，只有我和家守神看得見那隻蝴蝶。但風花顯然也知道眼前發生了什麼事，視線追著蝴蝶跑。

蝴蝶拍動著美麗的翅膀，在庭院飛了一圈後，停在奶奶手中的茶壺上，有如被吸進去似的消失了，我們所有人都佇立在原地。

我應該要說……而且非說不可。

「奶奶，我想修好那個茶壺。」

拜託答應我吧，奶奶！

「這是小拓上次在倉庫找到的茶壺嗎？」

「嗯，就是這個。」

我從口袋掏出茶壺的碎片。

「我找到碎片了，不修好的話，茶壺太可憐了。」

「可憐……？」

奶奶一臉嚴肅的用圍裙擦了擦茶壺的表面。

茶壺從厚厚一層咖啡色粉末底下，透出美麗的模樣，蓋子周圍的幾何圖案、白色的底漆、藍色和綠色的蝴蝶、點綴著壺身的金粉，都在閃閃發光著。

原來如此，這才是蝴蝶姑娘原本的模樣。

最早在倉庫找到這個茶壺時，我什麼也不懂，還說了一聲「好破！」那天晚上，奶奶在廚房裡拿起這個茶壺時，大家也都板著一張臉批評「好髒」、「破銅爛鐵」，當時蝴蝶姑娘是什麼心情呢？

但現在我已經知道，這個茶壺也是「家守神」了，也好想讓奶奶明白！

「我去問問商店街的陶器店吧！」奶奶打量著茶壺和碎片說道。

「真的嗎？太好了，謝謝奶奶。」

「呵呵，沒想到小拓喜歡這種老東西，真令人意外。」

「這是這個家的寶貝，就像和室的花瓶及畫軸一樣。」

「是嗎？」奶奶的視線越過我的頭頂，望向和室（雖然家守神全都跑出來了，那些東西現在都是素色的），露出一如往常的和藹笑容，我最喜歡奶奶的笑容了。

「小拓簡直就像在這個家住了一輩子呢！」

我看見鶴吉先生和金魚小妹，都對奶奶說的話點頭如搗蒜。

咦？阿藤小姐蹲在水井前，好像在跟什麼東西說話。

「謝謝你，一直陪在蝴蝶身邊，從今以後你也是自由之身了，想去哪裡就去哪裡吧！」

井邊的是那隻蜘蛛。阿藤小姐平常總是很高傲，有時候還很凶，但我明白她的心地其實非常善良。

阿藤小姐站起來，與鶴吉先生、金魚小妹一起回和室，各自回到花瓶、紙門和畫軸上。我的眼角餘光還能看見變成烏龜的龜吉先生，慢吞吞躲到庭院的石頭後面。

奶奶也捧著茶壺從玄關進屋，我對還留在庭院的風花和平井說：

「害你們遇到危險了，對不起。」

我向他們道歉，平井卻從口袋掏出陳舊的護身符說：「有嗎？別擔心，我有法寶。」

護身符與風花給我的大同小異。

「哇！小新，你還留著啊！」

「那當然。」

看見我在狀況外、一頭霧水的樣子，風花告訴我：

「那個是在幼兒園的時候，小新有一次在沙坑動彈不得，老師想背他，卻怎麼也背不起來。當時我感應到好像有什麼東西在拉小新的腳踝，就對小新的腳潑水，趕走那傢伙。從此以後，小新就相信我的『能力』了。」

原來還有這段過去，啊！我懂了！所以從那之後對平井而言，風花就成了特別的存在。

那件事情發生後，風花拜託奶奶也為平井縫一個護身符。

「小拓，我打電話給商店街的陶器店了，他們說可以修理，我們現在就拿過去吧！」

奶奶用防撞材料包住茶壺。

和室傳來「拓，拜託你了」的殷切叮嚀，躲在石頭後面的烏龜也悄悄探出來點點頭。

「嗯，奶奶，走吧！」

要是被奶奶發現烏龜就糟了，我拉著奶奶走向玄關。風花和平井也隨我們走出家門，一行人走向壽商店街。

「隨時都歡迎你們再來玩。」

奶奶邀請風花，但風花大概會趁奶奶他們不在的時候才來吧。她和金魚小妹似乎很合得來，下次想讓她正式和變成實體的家守神見面。

我在克拉拉美容院前向風花道別，和奶奶前往不遠處的陶器店。

「改天見。」

我和平井在陶器店前分開。

那家陶器店的後面有間陶器工作室。

「沒問題，修得好！包在我身上。」

穿著藍色工作服，頭上綁著毛巾的陶藝家拿起茶壺，向我們保證。

我們還順道去了日常用品店，買了兩個相框。回到家，我在相框各自放入爸爸的照片，和媽媽他們的照片時，爺爺也回來了。

對了，爺爺的問題還沒解決。

「爺爺，歡迎回來。」

我忐忑不安的迎接爺爺。爺爺邊脫鞋邊應了聲「嗯」，接著直勾勾的盯著我看。咦，感覺跟今天早上不太一樣。

「拓，讓你擔心了，我決定不蓋大樓了。」

「真的嗎？老伴。」

「嗯，我去那家公司打算簽約的時候，發現對方做事很隨便，態度十分草率。不禁疑惑自己為什麼會被對方說動，差點就被騙了。你說的沒錯，儘管如此……」

嗯？

「我居然說你『才來這個家沒多久』，真對不起。」

沒關係，我頻頻搖頭。太好了，真是太好了。

「請問……」

我差點忘了一件事。

「什麼事？」

「您們可以來一下和室嗎？」

我帶著爺爺奶奶走進和室，龜吉先生已經回到紙門上了。

我站在壁龕前，指著金魚小妹畫軸破掉的地方給他們看。

「我不小心弄破了。」

「哎呀！」

「對不起，我做了緊急處理，反而變得髒兮兮的。」

居然弄破畫軸，實在太粗魯了，他們肯定很無奈吧！

爺爺奶奶一起看著畫軸背面，居然笑了。

「撕下筆記本貼上的呢！」

「因為我不曉得該怎麼補救才好……這個修得好嗎？」

「沒問題，可以送去修理，一定能修得很完美！」

「可以送修嗎？」

「畢竟這是老爸很珍惜的畫軸嘛！」

「爺爺，請修好畫軸，拜託您！」

爺爺輕輕拍了拍我的頭。

幾天後，媽媽和父親旅行回來了。

「我們回來了。拓，一切都還好嗎？」

「嗯，一切都很好。」我回答。

雖然費了九牛二虎之力，可是啊，我保護了這個家呢！即使只有家守神知道這件事，但這樣就夠了。

不過，發生了一件傷腦筋的事。媽媽從巴黎買了西洋古董壺回來，那是用來裝乾燥花的壺，粉紅色的壺身描繪著身穿優雅禮服的女人。

「要放在哪裡呢？」

「這個嘛……」

父親拿著古董壺來到走廊上。難不成？該不會要放在和室吧？真的被我猜中了，父親打開和室的紙門。

「咦，我們家有這面屏風嗎？」

父親馬上注意到立在入口正前方牆邊的枕屏風。我拜託爺爺把那面枕屏風從倉庫搬回和室，當我扛著屏風走出倉庫時，奶奶也不可置信的說：「咦，我們家有這種東西啊？」

家守神為了保護蝴蝶姑娘，設下結界，所以爺爺和奶奶明明去過倉庫無數次，卻完全沒有注意到枕屏風，以及放在屏風後的葛籠。

據說這面屏風的圖案也是勘兵衛畫的，跟家守神們一樣，我還不是很確定，但是跟鶴吉先生他們好像是截然不同的存在。

鶴吉先生說我之所以能突破結界，並走到放置葛籠的地方，是因為「屏風對你的肯定」。

根據相簿裡的老照片，屏風上原本有四朵雲，但現在只剩下一朵。

以前描繪在屏風上的「雲」究竟跑到哪裡去了？

「咦？畫軸呢？」

我和父親看著屏風時，聽見媽媽的聲音，不約而同的回頭看。

「啊！真的，畫軸不見了。」

父親也回到壁龕前。

「送去修理了。」

少了畫軸的壁龕看起來十分冷清，希望金魚小妹快點回來。

「對了，那這個就放在這裡吧！」

父親把用來裝乾燥花的壺，放在阿藤小姐的花瓶旁邊。

「嗯……」父親口中唸唸有詞。

好奇怪啊……或許父親也這麼覺得，又拿起了壺，過程中可以清楚感受到阿藤小姐臉上冒著青筋。

「就放在這裡吧！」父親將壺放在茶几上。

「跟這個房間太不搭配了，拿去別的房間好了。」

「這種破東西，收進倉庫就好了。」

阿藤小姐尖酸刻薄的口吻蓋過我的聲音，當然，只有我聽得見。

「放在玄關的鞋櫃上呢？」媽媽想了半天後說道。

呼……不只我，紙門上的兩位家守神應該也都鬆了一口氣。

對了，我的禮物是艾菲爾鐵塔的模型和上衣。衣服上印有畢卡索的作品，這麼說來，我確實在信上寫到「可以的話，我想要畢卡索的畫當作禮物」。

「你們看那個小孩，是不是跟拓有點像？」

媽媽微笑的看我迫不及待穿上衣服，這幅畫叫作〈扮丑角的保羅〉，是畢卡索畫的小孩。

「媽媽站在這幅畫前，遲遲不願離開呢！」

父親笑著告訴我，收到我的信後，他們特地前往畢卡索美術館，即使遠在巴黎，他們也隨時惦記著我。

媽媽為自己買的上衣印著有兩張臉的女人。

「這個好像妖怪！」

說不定畢卡索真的看到這個人了……我心想。

八月中旬，修好的畫軸和茶壺拿回家了。蝴蝶姑娘缺了一角的壺嘴以金繼修復完成，這下子真的跟阿藤小姐變成難姐難妹。

「可以把這個茶壺放在和室嗎？」我問奶奶。

「可以啊！」

奶奶在阿藤小姐旁邊放上一個小巧的裝飾櫃，再把蝴蝶姑娘放上去，壁龕突然間變得富麗堂皇。

「沒想到我們家居然有這麼氣派的茶壺。」

父親看到蝴蝶姑娘，十分驚訝。

「好漂亮啊！」媽媽拿起茶壺，目不轉睛的端詳茶壺美麗的模樣。

蝴蝶姑娘一定笑得很開心吧！

此時此刻，和室變得好熱鬧，氣氛非常融洽。

【尾聲】

家守神全員到齊的幾天後。

客廳傳來媽媽和奶奶的笑聲，爺爺動不動就想跟我一起出門。

父親聽到爺爺說下次要帶我去釣魚，也不甘示弱的說要煮拿手菜給我吃，感覺好奇怪。

「那個，我不喜歡青椒和香菇。」

聽我這麼說，奶奶很意外的反問：「咦，真的嗎？」

「嗯，也不太喜歡勾芡的食物……」

我終於敢說出自己的喜好了，我好高興。

奶奶也正經八百的說：「可是最好不要挑食！」

接著我們也吃到爺爺親手打的蕎麥麵了，比想像中還要好吃，大家都「好好吃！」的讚不絕口，吃得好滿足。

「別太稱讚他，要是他又想開蕎麥麵店就麻煩了。」

聽奶奶這麼說，爺爺笑著回答：「不會啦！大家吃得開心就好，下次我再做給大家吃。」

佐伯家恢復平靜了，只有一個小問題，那就是比以前還要吵。

「蝴蝶，妳可以穿拓的衣服，也能穿他母親的衣服呢！」

「真的嗎？我可不穿便宜的衣服。」

耳邊傳來阿藤小姐和蝴蝶姑娘的對話，是在討論變成實體的方法嗎？隨她們去吧，蝴蝶姑娘的聲音聽起來很愉悅。

對了，金魚小妹吵著要穿風花的衣服，所以我向風花借了她低年級時穿的裙子，但即使將風花的裙子披在畫軸上，金魚小妹還是穿著和服。

果然必須是佐伯家的衣服才行。

沒關係，等家人不在時，再讓她看上次錄製的卡通節目吧，她一定會又驚又喜。

「好熱，幫我們打開紙門和窗戶。」

經過和室前的時候，有人命令我。

「是、是。」

「只要說一次就好了。」

「是。」

打開紙門後，隔著簷廊的窗戶看見庭院，老舊的窗玻璃有些凹凸不平，庭院和倉庫看起來都變形了。

我一口氣把窗戶全部打開，深呼吸。

庭院裡的百日紅仍然開得很漂亮。

天空也很蔚藍，遠方可以看見晴空塔的頂端。

肉眼看不見訊號，可是各式各樣的圖片及對話正在空中傳來傳去。

曾幾何時，剛才還在頭頂上的雲朵，現在卻隨風飄散。

就像屏風裡消失的雲朵。

對了，此時此刻，這個世界的某個角落，或許也正在發生不可思議、肉眼看不見的事。我身邊或許依然潛藏著各種神奇奧妙，令人難以理解的事。

拓的 家守神調查紀錄 VOL.2

**有蝴蝶姑娘這位家守神的加入，佐伯家變得越來越熱鬧了。
這次發生的事真的好可怕，但是也讓我更想了解這個家和家守神們，
我整理了目前已經知道的種種訊息。**

告訴我！風花老師！

付喪神也分好壞？

妖怪的性質好像跟其所遇見的人類有關。

以貓又這種會攻擊人類的妖怪為例，據說是因為身為貓咪的時候被人類欺負過（我在第一集158頁的地方解釋過，可以看一下！）這點付喪神及家守神也不例外。

蝴蝶姑娘因為本體的茶壺缺了一角，遭到了邪氣的入侵，多虧拓和佐伯家的人，讓她想起以前曾經受到珍惜的過去和自己也曾是「家守神」的一員。

蝴蝶姑娘的本體茶壺。

蝴蝶姑娘去除邪氣後，終於變回原本的模樣。

要好好愛惜動物及器物喔！

傳奇畫師——勘兵衛與家守神的關係？

來請教一下如今回歸家守神陣容的蝴蝶姑娘吧！

我們家守神的本體皆製作於江戶時代，是由一位名叫信山勘兵衛的畫師為我們描繪的。聽說他從小就具有優秀的繪畫天分，離開信濃（現今長野縣）去江戶學畫，跟佐伯家的祖先好像是熟識。

後來，我們五個人曾經各分東西，大約過了一百年，才由當時佐伯家的當家佐太吉蒐集回來。佐太吉非常欣賞以前跟祖先很熟的勘兵衛作品，蓋了佐伯家的房子後，把我們裝飾在和室裡，後來大家一起變成付喪神。

還有很多謎團！

① 為什麼我具有「看得見的能力」？

我明明沒有佐伯家的血統，為什麼具有「看得見的能力」？佐伯家的祖先也只有曾祖父佐吉看得見家守神。

② 或許除了我以外，也有其他人「看得見」？

也有人像風花那樣具有「感應的能力」，除此之外，我身邊或許還有其他「看得見」的人。

③「枕屏風」也有祕密嗎？

從家守神的描述聽來，佐伯家倉庫裡那面「枕屏風」也是信山勘兵衛的作品。雖然不像家守神他們那樣變成付喪神，但就算具備什麼不可思議的力量也不奇怪。而且屏風上的雲朵比照片中少……這肯定有什麼隱情！

變身的金魚小妹
紙門啊，打開吧！花啊，現身吧！
XA——！
指！！
呵呵呵
拉
拉
我也能變身成AX了！
看到影子了啦！
那兩個傢伙也太聽話了！
金魚小妹好厲害！
咦？蝴蝶妳怎麼了？
什麼時候具備這種能力了……！

冷笑話大王平井

最會說冷笑話的是哪位冷面笑匠呢？
老王姓什麼？「法」老王！哈哈
為什麼皇帝害怕去醫院？因為……
「對症下藥」！
好無聊！
對「朕」下藥！
一點也不好笑
大家克制點，不要因為他聽不見……
法老王……
對「朕」下藥……
呵呵呵
哈哈哈
鶴吉先生難不成……
不，我沒有笑喔！

故事館 011

家守神 2：拯救封印的蝴蝶詛咒

家守神 2：呪いの蝶がねむる蔵

作　　者	扇柳智賀
繪　　者	富井雅子
譯　　者	緋華璃
語文審訂	張銀盛（臺灣師大國文碩士）
責任編輯	陳鳳如
封面設計	黃淑雅
內頁設計	連紫吟・曹任華

出版發行	采實文化事業股份有限公司
童書行銷	張惠屏・侯宜廷・林佩琪・張怡潔
業務發行	張世明・林踏欣・林坤蓉・王貞玉
國際版權	鄒欣穎・施維真・王盈潔
印務採購	曾玉霞・謝素琴
會計行政	許俽瑀・李韶婉・張婕莛
法律顧問	第一國際法律事務所　余淑杏律師
電子信箱	acme@acmebook.com.tw
采實官網	www.acmebook.com.tw
采實文化粉絲團	http://www.facebook.com/acmebook01
采實童書FB	https://www.facebook.com/acmestory/

I S B N	978-626-349-263-9
定　　價	320 元
初版一刷	2023 年 5 月
劃撥帳號	50148859
劃撥戶名	采實文化事業股份有限公司 104台北市中山區南京東路二段95號9樓 電話：(02)2511-9798　傳真：(02)2571-3298

國家圖書館出版品預行編目資料

家守神 . 2, 拯救封印的詛咒之蝶 / 扇柳智賀作 ; 富井雅子繪 ;
緋華璃譯 . -- 初版 . -- 臺北市 : 采實文化事業股份有限公司,
2023.05
288 面 ; 14.8×21 公分 . -- (故事館 ; 11)
譯自 : 家守神 . 2, 呪いの蝶がねむる蔵
ISBN 978-626-349-263-9(平裝)
861.596　　112004751

線上讀者回函

立即掃描 QR Code 或輸入下方網址，連結采實文化線上讀者回函，未來會不定期寄送書訊、活動消息，並有機會免費參加抽獎活動。

https://bit.ly/37oKZEa

故事館

故事館